民国诗风
中国现代作家
旧体诗丛

李遇春 / 主编

胡　适 / 著
朱一帆 / 编著

胡适集

山西出版传媒集团
北岳文艺出版社
BEIYUE LITERATURE & ART PUBLISHING HOUSE

图书在版编目(CIP)数据

胡适集/胡适著；朱一帆编著.— 太原：北岳文艺出版社,2016.9

(民国诗风·中国现代作家旧体诗丛)

ISBN 978-7-5378-4824-4

Ⅰ.①胡… Ⅱ.①胡… ②朱… Ⅲ.①诗集－中国－现代 Ⅳ.①I226

中国版本图书馆CIP数据核字（2016）第142379号

书　　名	胡适集	
著　　者	胡　适	
策　　划	续小强	
主　　编	李遇春	
编　　著	朱一帆	
责任编辑	左树涛	
书籍设计	张永文	
责任印制	巩　璠	
出版发行	山西出版传媒集团·北岳文艺出版社	
地　　址	山西省太原市并州南路57号	
邮　　编	030012	
电　　话	0351-5628696（发行部）	
	0351-5628688（总编办）	
传　　真	0351-5628680	
网　　址	http：//www.bywy.com	
E－mail	bywycbs@163.com	
经 销 商	新华书店	
印刷装订	山西万佳印业有限公司	
开　　本	787×1092　1/32	
字　　数	189千字	
印　　张	8.75	
版　　次	2016年9月第1版	
印　　次	2021年1月山西第2次印刷	
书　　号	ISBN 978-7-5378-4824-4	
定　　价	48.00元	

总　序

李遇春

自"五四"新文化运动以来，尤其是1917年胡适和陈独秀首倡"文学革命"以来，伴随着中国"新诗"的草创及其日渐繁荣，传统的旧体诗词猛然被打入了历史的另册。从此，主流文学界谈到诗歌时就专指新诗，各种现代中国文学史也仅止于叙述新诗的历史进程，而对"旧诗"在历史另一侧畔的艰难行进则视而不见。百年来，虽然也有过钱基博著《现代中国文学史》公开为现代"旧诗"张目和辩护，但毕竟属于空谷足音，应者寥寥。直至20世纪90年代以后，随着国内文学史界对"五四"以来盛行的"进化论"文学史观的逐步反思和清算，各种中国现当代文学史才开始有限地接纳旧体诗词进入正统的文学史秩序，但也由此在新世纪之交的中国文坛引发了一连串的关于旧体诗词是否能够入史的争议。其实有争议也属正常，这至少说明了旧体诗词依旧具有生机和活力，它继续在对新诗唯一论或中心论的文学史观构成挑战。可以预期的是，在不久的将来，中国现代作家的旧体诗词创作将会毫无愧色地走进主流的中国现代文学史，与中国新诗相颉颃，共同书写现代中国诗歌的历史图谱。

回眸现代中国旧体诗词的历史进程，无数的诗人词客在新文学和新诗处于文坛中心的话语霸权下依旧坚持着旧体诗词创作，他们不认为只有新诗才是现代中国诗歌的唯一合法形式，相反，旧体诗词在很大程度上更能代表中国诗歌的民族特色。实际上，百年来，中国新诗的发展一直就在现代化与民族化之间游移和求索，越来越多的新诗人主动到中国古典诗词传统中寻找艺术资源，他们不满于中国新诗日渐丧失了本民族的诗学传统和本土特色，他们不愿写那种翻译体的欧化诗，他们想致力于中国新诗对中国古典诗词传统的创造性转化。与此同时，百年中国旧体诗词同样处于民族化与现代化的历史张力之中，一方面是对中国古典诗词传统的艺术捍卫或坚守，另一方面则表现为大胆吸纳西方现代诗歌以及中国新诗的艺术滋养，对传统的旧体诗词创作模式进行更新和改造，使其能够更好地满足现代中国人抒写现代思想和情感的艺术诉求，这同样也是对中国古典诗词传统的创造性转化。由此可见，无论是旧诗界的以中化西，还是新诗界的以西化中，它们都属于现代中国诗人对中国古典诗词传统进行创造性转化的艺术路径，只不过二者在侧重点和立足点上有别，但这种差别并不妨碍二者在深层次上的艺术对话和交流。所以，二者之间不仅不应彼此敌视和排斥，相反应该彼此引为同道，一起为中国现代诗歌寻找民族艺术样式贡献各自的能量。

大体而言，现代中国旧体诗界可分为五大创作群体：晚清遗民诗人群体（陈三立、郑孝胥等）、现代学者诗人群体（陈寅恪、吴宓等)、新文学家诗人群体(鲁迅、郁达夫等)、书画艺人诗人群体(齐白石、赵朴初等)和党政军人诗人群体(于右任、毛泽东等)。而在这五大旧体诗人群体中,新文学家诗人群体和现代学者诗人群体在旧体诗词创作上所取得的整体成就无疑更为突出,因此更能够代表现代中国旧体诗词创作的思想和艺术水准。一般而言,现代学者所作旧体诗词更偏重于"学人之诗",而新文学家所作旧体诗词更偏重于"诗人之诗"。前者更热衷于使事用典,展现自己作为学人的学术底蕴,因此在诗词语言上尤喜硬语盘空,讲究夺胎换骨、点石成金,主张字字句句皆有所本。由此带来诗风上的清苍幽峭、生涩奥衍之类,颇近于宋诗派的路数。而后者更喜欢直抒胸臆,几乎不掩饰自己的诗人性情,故而在诗词语言上偏好清新自然之辞,而反对以生字偏典示人,不做学术资本的炫技者,由此独抒性灵,信手信腕自成法度,这就颇近于唐人作诗的路数了。当然这种区别也不能过于绝对,因为确有新文学家作旧体诗词并不走自然清新的唐人路径,相反却步宋人后尘的,比如"唐贤读破三千纸,勒马回缰作旧诗"的闻一多即是。闻氏作诗,无论新诗旧诗,都不走寻常路,这与他同时身兼新文学家和古典文学学者的双重身份有关。新文学家和现代学者的旧体诗词创作之间还有一点区别值得注意,这就是现代学者作旧体诗词一般来说更讲究对传统诗词格律的坚守,他们在押韵和平仄上轻易不出格,大都属于现代旧诗创作中的传统派或守旧派,而新文学家作旧体诗词不仅致力于所谓"旧瓶装新酒",所谓"旧风格含新意境",而且他们还热衷于对"旧瓶"进行改造或改装,对"旧风格"进行颠覆或重构,从而使传统的"旧诗"有了"新诗"的意味。在这方面,胡适、鲁迅、周作人等新文学家堪作表率，他们都属于现代旧诗创作中的革新派，其诗词创新功绩不能轻易抹杀。

正是出于对中国新文学家旧体诗词创新能力的尊崇，我们策划了这套《民国诗风·中国现代作家旧体诗丛》。我们相信这套书的出版，既能为当前日渐升温的当代旧体诗词创作提供可资借鉴的现代范本，又能为日后重写中国现代文学史和中国现代诗史提供重要的参考文本。中国现代作家热衷于旧体诗词写作并且成绩斐然者不在少数，但由于主客观条件的限制，此次我们仅编著了鲁迅、陈独秀、胡适、郭沫若、郁达夫、茅盾、闻一多、沈从文、萧军等作家的旧体诗词以飨读者。此外，像朱自清、俞平伯、叶圣陶、田汉、老舍、胡风等现代作家的旧体诗词同样各擅胜场，对它们的编著只能假以时日，让我们期待着这套丛书第二辑的出版。

在这套丛书的编写过程中，有一点需要特别加以说明，这就是我们统一采用了编年的体例，每位作家的旧体诗词作品均按照创作或发表的时间先后顺序来编排，读者可以借此领略同一位作家旧体诗词创作的全貌和变迁。我多年来做旧体诗词研究比较偏爱编年体，曾先后主持过国家社科基金项目《民国旧体诗词编年史稿》和《新中国旧体诗词编年史稿》，最近又获得了华中师范大学中央高校基本科研业务费专项资金（人文社科类）重大培育项目《中国现当代旧体诗词编年史》的立项，所以这套丛书的出版也是以个案编年的形式绘制出的一部中国现代作家旧体诗编年史。至于每首诗词的题解、注释和评点部分，是我们工作的重点，我们尽量搜集与诗词相关的创作史料加以印证和注疏，争取不辜负读者的厚爱。特别说明，每首诗词的题解、注释和评点部分，我们根据诗词的实际情况提供，以免啰唆、重复。

感谢北岳文艺出版社社长兼总编辑续小强先生的信任，几年前我曾在他主编的《名作欣赏》上开过《旧诗新话》专栏，这是我们之间的第二次文墨因缘。我希望自己能够不辱使命，但由于这套丛书的注评工作琐碎而繁重，故而丛书中的讹误和疏漏在所难免，还望诸君海涵并不吝赐正。

2015年9月6日于武昌桂子山

前　言

朱一帆

胡适（1891—1962），学名洪骍，字适之，安徽绩溪人。1906年就读于上海中国公学。1910年留学美国，先后在康奈尔大学、哥伦比亚大学习农学、哲学、文学，深受其师杜威的实用主义哲学影响。1917年在《新青年》上发表《文学改良刍议》一文，同年归国并出任北京大学教授，同时参加《新青年》编辑工作。1938年任中华民国驻美大使。1945年任北京大学校长。1949年到美国，1957年任"中央"研究院院长，定居台湾。1962年2月24日，病逝于台北。胡适是五四新文化运动的核心领袖之一，是第一位大力提倡现代白话文和新诗的现代作家。他于1920年出版的中国现代文学史上第一部白话诗集《尝试集》，开新文学和新诗之风气，是文学史上里程碑式的著作。正是胡适的新诗，揭开了现代中国文学发展的光辉一页。但是，当七十高龄的胡适缠绵病榻之际，时常萦绕他心头的却是其早年创作的旧体诗词。晚年的他常说,"我想把我的诗:少年的旧诗、新诗、打油诗,连同填词,按照年代的前后,统统放进去,另出一本诗存"①。

一 传统文化的浸染

胡适出生于清末家底尚殷实且颇有些许书香气的家庭之中。如此家庭氛围的浸染,使其从小便耳濡目染着中国儒家文化,他自己就曾直言"父亲留给我的是一点程朱理学的遗风"②。除却早期父母之言传身教,胡适亦称九年私塾之儒学教育为其"儿童生活史打开了一个新鲜的世界","使我在不知不觉中得了不少的白话散文训练",且"把文字弄通顺了"③。至于儒学传统对胡适旧诗创作最为核心的影响,则是自孔子以来即已深入人心的"辞达而已矣"的儒家艺术传统,用胡适自己的话来说,即是"做文字必须要叫人懂得",被胡适一以贯之于其旧诗创作的始终,更成为胡适终其一生所"抱定的一个作诗宗旨"。纵观胡适的诗词作品,我们会发现孔子所提倡的"辞达而已矣"的诗文传统,不仅体现于其诗歌作品中,亦鲜明表现于其诸多词作中。"不伤春""不悲秋""文章革命""为大中华""造新文学"等语,皆为从词中随手拈来之语,不做作,不卖弄,不雕饰,不堆砌,而这看似浅白、平淡的诗语,却明确传递着胡适重造一方新文学之豪情壮志。再看胡适打趣好友朱经农的词

---

①胡颂平:《胡适之先生年谱长编初稿》,联经出版事业公司,1984,第3231页。
②胡适:《胡适自述》,安徽文艺出版社,2013,第39页。
③胡适:《胡适自述》,安徽文艺出版社,2013,第29—30页。

作《虞美人·戏朱经农》:"先生几日魂颠倒,他的书来了!虽然纸短却情长,带上两三白字又何妨?"这近乎日常口语的诗语,与本就"儿女情长总缠绵"的世俗生活情调颇为协调的同时,亦明白无误地传递出朱经农与其妻缠绵悱恻的相思之情。可以说,就"辞达而已矣"的标准来讲,这首词作已属上乘。概而论之,这些"通顺清淡"之诗词,反映了胡适要求作诗与作文的最基本条件——"通"①,即"明白晓畅",而这正是传统儒家诗学之核心观点所在,由此亦可见儒学思想对胡适旧诗创作之深刻影响。

　　道家学说于胡适旧诗创作之影响,则主要表现为其在诗作中对"不争"与"非攻"等道家思想学说之彰显。胡适曾回忆说:"记得我在1909年(清宣统元年,己酉)作了一首咏'秋柳'的诗。这是一首绝句,在这诗前的小序上,我写道:'秋日适野,见万木皆有衰意。而柳以弱质,际兹高秋,独能迎风而舞,意态自如。岂老氏所谓能以弱者存耶?遂赋诗一首:"但见萧飕万木摧,尚余垂柳拂人来。西风莫笑长条弱,也向西风舞一回。"②(《秋柳》)胡适在这首诗里,借由描摹在万物萧条之时,秋柳仍能以其柔弱之躯示人的景象,首次明确阐明了他对老子"坚强者死之徒,柔弱者生之徒"的"柔道"处事方式的推崇。而除却胡适直接点明之作,其他具有相同旨趣的诗作,亦不胜枚举,散落于各处。比如1916年的诗作《秋声》,通过借松柏之口巧妙对秋叶做出道德评断,胡适不仅赞赏了秋叶的"不争"精神,更深层

---

①胡适:《五十年来中国之文学》,载《胡适文集》第2册,花城出版社,2013,第27页。

②胡适:《胡适口述自传》,唐德刚译,传记文学出版社,1981,第58页。

次而言，亦是强烈表明了他对老子的"三宝"主张——"慈""俭""不敢为天下先"的认同。如果说上述诗作中对道家思想之彰显，尚属直抒胸臆，那么"岂不爱自由？此意无人晓：情愿不自由，也是自由了"（《病中得冬秀书》），"做了过河卒子，只能拼命向前"（《题在自己的照片上，送给陈光甫》）之语，则以稍为隐晦之手法，彰显着老子的"不争"思想，虽然语义委婉，这却也更有力地印证了老子学说于胡适旧诗之"深入血脉"的影响。

胡适一生沉迷于对佛教禅宗思想的研究，亦不可避免地对其旧体诗词创作产生影响，而最为突出的表现便体现在，胡适对传统禅诗"诗禅圆融"之审美境界的继承方面。先看饱含着诗意与禅趣的《苦茶先生又寄打油诗来再叠韵答之》："绝代人才一丘貉，无多禅理几斤麻。谁人会得寻常意，请到寒家喝盏茶。"胡适先反说"禅理"不值"几斤麻"，接着又以"牧童遥指杏花村"之意，直指"禅意"只在周作人寒舍，明确点"悲悯"之题。这看似"云淡风轻"的缥缈之语，细细品来却更衬"悲悯情怀"之沉重、苍凉，可谓是对"诗禅圆融"意境之完美展现。又如《春朝》："叶香清不厌，鸟语韵无嚣。柳絮随风舞，榆钱作雨飘。何须乞糟粕，即此是醇醪。天地有真趣，会心殊未遥。"以"无嚣""真趣""会心"等诸多涉禅的偈语，说顿悟之豁然，与"无我之境"、"无心之感"，可谓诗意地表达了修真之妙。

二 传统诗词的现代性转化

胡明曾指出，胡适诗作所受之影响，"无疑与他所接受的英美诗歌,诸如罗伯特·勃朗宁、托马斯·哈代、亨利·朗费罗、阿尔弗雷德·丁尼生等的情绪与技术的熏陶分不开,甚而可以找到庞德等现代意象主义诗人诗歌方法的某些影响"①。但如果从受西方现代派诗歌之影响,因而有意识地对传统古诗进行现代性转化的角度来看,除却"白话入旧诗"的语言革新外,胡适的旧诗创作还呈现出多重现代性美学特征。

先看胡适旧诗对传统古典诗词题材的革新。传统诗歌题材多以怀古咏史、闺怨征戍为其主要表现内容,但是胡适在旧诗题材的选择上,却有意以现代人的眼光出发,以漫画、合影、圣诞节、飞行等诸多现代元素入诗,从而使得彰显着现代人生活方式的题材成为其旧体诗词创作的一大亮点。如《十月题中国新公学教员合影》这首诗,是以上海中国公学的全体教员合影作为成诗的题材;而《耶稣诞节歌》这首歌行体长诗,则以西方圣诞节为题材结构全诗;至于以现代天文知识——月亮绕地球旋转入诗的则是《水调歌头·今别离》这首词。至于胡适那首著名的《飞行小赞》则是生动刻画了胡适乘飞机时的瞬时心理感受,而这无论如何是古典诗词中无法出现的题材。正是胡适敢于从诗歌最基础的部分发力,即敢于突破陈腐诗歌题材的枷锁,撕开了晚清诗歌创作"万马齐喑"的混沌局面,从而为旧体诗词的现代性创作开辟了道路。

其次,受现代科学知识"洗礼"的胡适,力图摆脱千百年来逐渐僵化的古典诗歌意象,并创造属于现代人的现代诗歌意象,以此来表达现代人的审美情趣。如胡适在《睡美人歌》中以"睡

---

① 胡明:《前言》,《胡适诗存》,人民文学出版社,1989,第3页。

美人"的全新意象譬喻中国,从而显现了他在西学文化浸染下,将祖国放置于被唤醒、被启蒙状态的现代文化意识,而这与先前中国的"睡狮"意象所体现出的雄性阳刚,居于世界中心的"天朝大国"意识是很不同的。可以说,"睡美人"这一绝妙现代意象,在高度浓缩了百年近代中国沧桑的同时,也赋予了整首诗以全新的现代氛围与现代神韵,一扫古典诗歌意象所营造的传统审美情趣。又如在《百字令(几天风雾)》里,通过"别后相思如此月,绕遍地球无数"之语,将"相思"之虚情用"月绕地球"之全新动态诗歌意象承载与展现,展现了胡适对相思之情的现代体悟。这种建立在现代科学知识上的新诗意象,直接联系于个性主义自我解放、自我追求的现代意识,突出而生动地反映出"赛先生"作为新文学灵魂之一的时代光彩。可以说,以现代科学知识为底蕴的全新诗歌意象的创造,正是胡适对古典诗词有意进行现代化转化主张的最为明晰的表现。

最后,胡以相机视角、心理视角等现代叙事视角的切入,改变了传统古诗中第一人称的单一化叙事视角,扩大了诗歌的空间与容量。如以相机视角结构全诗的《闰月六日中国新公学全体合影》:"百六健男子,相携入画图。回环多旧雨,蕉萃到今吾。榛莽凭谁辟?颠危好共扶。艰难惭此意,落日下平芜。"借由相机视角,胡适不仅呈现了百余男子入图的物理空间画面感,同时也揭示了他们汹涌澎湃的内在心理空间,这是诗歌空间的第一层。而建筑在此基础上的第二层诗歌空间线索便是纵向时间与上述横向空间的相交错。最终,相机视角作为诗歌空间的调节器,扩大了整首诗的空间——空间深度与时间广度并举;扩展了整首诗的容量——共时性(合影定格)与历时性(回首历史)的完美融合。又如《题郑铁如小影即以赠别》这首诗则是从胡适的心理视角出发结构全诗。具体而言，首联"旧雨半零落，犹余郑子真"是胡适从内心感受出发，描摹即将远行的友人"郑铁如"孤寂的神态；颔联"灌夫宜忤俗，鲍叔自怜贫"则是胡适主观性地将友人与"灌夫""鲍叔"形象相联系；颈联"往事都陈迹，新图妙入神"中，胡适心理状态由虚无缥缈的过去转回清晰的现在；尾联"无因一惆怅，送汝大江滨"是胡适想到送友人离别时又内心惆怅的心理状态。这一不按逻辑法则的规定、不受时空观念牵制，而是从"心理视角"来行文的方法，起到了在限定篇幅中增加意蕴作用的同时，亦达到了扩大诗歌空间的效果。

总体而言，胡适在对传统古诗的现代性转换方面还是做了许多大有裨益的"试验"，只是相比其在新诗方面的"狂飙突进"，其在旧诗创作方面除却因对"白话入诗"的极力提倡而成果卓著之外，其余的还是较多地徘徊在中国传统古诗的框架之内。但是，胡适试图对抗传统古典诗词强大的"影响的焦虑"，并最终使其旧诗创作呈现出了鲜明的现代性美学特征，却也集中体现了胡适对传统束缚的超越，以及个人对时代局限性的突破。

三　几点说明

胡适的旧体诗基本收录在人民文学出版社的《胡适诗存（增补本）》（胡明编）中，其他散见于《胡适留学日记》以及其他报纸杂志上。因《胡适诗存（增补本）》是按编年体糅合排列了胡适的新旧诗作，因此未能很好地彰显胡适旧诗创作之整体风貌。因此，本书在参考《胡适诗存（增补本）》的基础上，按照编年体的方式依次选录胡适旧诗，并且以胡适旧诗写作的时间先后排列。

每首诗词作品基本做了题解、注释和评点。题解部分是对这首诗的写作时间、发表时间及发表刊物名称、创作缘由的说明,而不同版本的差异处亦在题解部分有所说明。注释部分则主要是对诗歌中的疑难杂句、典故作说明。评点部分则是对诗歌的思想内容、艺术特色、审美风格等做了一些粗浅的说明,以期能够给读者以一定的引导。

本书在编选过程中,参考了当前众多学界同行专家的研究成果,在此对他们致以真挚的感谢。

书中难免有错漏之处,敬请读者批评指正。

目录

第一辑

○○三　西湖钱王祠
○○五　留别近仁
○○七　西台行
○一○　十月九日离群索居俯仰身世率成
○一二　题秋女士瑾遗影
○一四　观爱国女校运动会纪之以诗
○一七　弃父行
○二二　霜天晓角·长江
○二四　读小说《铁锚手》
○二六　沁园春·春游
○二九　口号
○三二　赠鲁楚玉
○三五　秋日梦返故居觉而怃然若有所失因纪之
○三八　追哭先外祖
○四○　读《十字军英雄记》

〇四三	秋柳
〇四五	赠别怡荪归娶
〇四七	赠意君
〇五〇	十月题中国新公学教员合影
〇五三	十月再题中国新公学合影时公学将解散
〇五六	酒醒
〇五八	菊部四律(其一)/年少且行乐
〇六〇	送二兄入都
〇六二	登楼
〇六四	闰月六日中国新公学全体合影
〇六七	已见一律
〇七〇	题郑铁如小影即以赠别
〇七二	沁园春·题绩溪旅沪学生八人合影
〇七五	去国行(其二)/扣舷一凝睇
〇七七	海天二律(其一寄吾母)
〇七九	翠楼吟
〇八二	水龙吟·送秋

第二辑

〇八七	耶稣诞日
〇九〇	大雪放歌和叔永
〇九三	山城和叔永韵
〇九五	春朝
〇九七	赠傅有周归国和叔永韵
〇九九	题室中读书图分寄禹臣近仁冬秀

一〇二	送许肇南归国
一〇六	登唐山楼
一〇八	生日
一一〇	睡美人歌
一一三	满庭芳
一一五	题欧战讽刺画(选二)
一一七	水调歌头·今别离
一一九	沁园春·别杏佛
一二二	送梅觐庄往哈佛大学诗(其二)
一二六	戏和叔永再赠诗却寄绮城诸友
一二八	秋声
一三一	和叔永题梅任杨胡合影诗(其一)
一三三	沁园春·誓诗
一三六	送叔永之行并寄杏佛
一三九	打油诗戏柬经农杏佛
一四一	窗上有所见口占
一四三	虞美人·戏朱经农
一四五	打油诗一束(寄叔永觐庄)
一四七	月诗
一四九	沁园春·二十五岁生日自寿
一五二	沁园春·过年
一五四	沁园春·新年
一五六	采桑子慢·江上雪
一五八	病中得冬秀书(选二)
一六〇	生查子

一六二	艳歌三章
一六五	沁园春·新俄万岁
一六八	文学篇（别叔永杏佛觐庄）
一七二	百字令
一七四	如梦令
一七六	爱情与痛苦

第三辑

一八一	希望
一八三	江城子
一八五	鹊桥仙·七夕
一八八	题章士钊胡适合照
一九〇	亡友钱玄同先生成仁周年纪念歌
一九三	杜鹃
一九五	陶渊明和他的五柳
一九七	好事近·小词
一九九	和丹翁捧圣诗
二〇一	祝马君武先生五十生日
二〇三	题陆小曼画山水
二〇五	和丁文江
二〇七	丁先生买帽
二〇九	答和在君
二一一	题唐景崧先生遗墨
二一四	戏和周启明打油诗
二一六	再和苦茶先生的打油诗

二一八	苦茶先生又寄打油诗来再叠韵答之
二二一	和半农的《自题画像》
二二三	打油诗
二二五	《西游记》的第八十一难诗
二二九	寄题相思岩
二三一	飞行小赞
二三三	黄花岗
二三五	大青山公墓碑
二三七	和范石湖题传记
二三九	和周岂明"二十五年贺年"打油诗
二四一	哭丁在君
二四三	题陈援庵所藏程瑶田题程子陶画的雪塑弥勒
二四五	小诗
二四六	早行
二四七	少妇峰
二四八	题在自己的照片上送给陈光甫
二五〇	四十七岁生日
二五一	元任韵卿银婚贺诗
二五三	戏改杨联升《柳》诗
二五五	赠钮永建

第一辑

西湖钱王祠

步出涌金门①,买舟钱祠②去。
潋滟③西湖水,惨澹④前朝树。
江潮⑤尚依然,盛业归何处?

〔题解〕

　　这首诗写于1907年4月,胡适随中国公学全体同学旅行杭州期间,原载1908年6月9日《竞业旬报》第17期,署名铁儿。中国公学是中国留日学生为抗议日本文部省颁布的"取缔规则",而归国自行创办的一所私立学校,这所学校以推行民主自治制度为其鲜明特点。胡适考入中国公学后,便加入了有革命倾向的进步团体"竞业学会",并在学会创办的《竞业旬报》上屡发文章。多年以后,胡适在《四十自述》中回忆起这段初学作诗的岁月时,感叹道:"我那时全不知道'诗韵'是什么,只依家乡的方音,念起来同韵便算同韵,在西湖上写了一首绝句,只押了两个韵脚,杨千里先生看了大笑,说,一个字在'尤'韵,一个字在'萧'韵。他替我改了两句,意思全不是我的了。我才知道作诗要硬记《诗韵》,并且不妨牺牲诗的意思来迁就诗的韵脚。"

〔注释〕

　　①涌金门:古代杭州西城门之一,是从杭州城内到西湖游览的通道。

②钱祠：即钱王祠，始建于北宋熙宁十年，位于杭州西子湖畔，是后人为纪念吴越国钱王功绩而建造。钱王，名钱镠，五代十国时期吴越国创建者。

③潋滟：水波荡漾的样子。苏轼《饮湖上初晴后雨二首》（其一）："水光潋滟晴方好，山色空蒙雨亦奇。"

④惨澹：亦作"惨淡"，指悲惨凄凉。

⑤江潮：指钱塘江水。[唐]宋之问《灵隐寺》："鹫岭郁岧峣，龙宫锁寂寥。楼观沧海日，门对浙江潮。"

〔评点〕

　　这首诗不仅抒写了胡适对前朝历史的咏叹，同时也抒写了他对现今国运的忧患。胡适巧妙地借用"旧时王谢堂前燕，飞入寻常百姓家""淮水东边旧时月，夜深还过女墙来"等句的写法，以永恒的自然意象"西湖水"，对照惨淡凄凉的"前朝树"，从而使得人事幻灭之感在亘古不变的自然物象中愈加显得浓烈与苍凉。但是与刘禹锡所作《乌衣巷》《石头城》等诗在淡远精致中见含蓄内敛的风格相比，这首诗的诗风则是以直抒胸臆之势，见情感之激昂。全诗六句，叙事、写景、议论各具形象，不堆砌典故，表达相对自由。

留别近仁

十载联交久,何堪①际别离。
友师论学业,叔侄叙伦彝②。
耿耿维驹③意,依依折柳④辞。
天涯知己少,怅怅欲何之。

〔题解〕

  这首诗写于1907年9月,原载胡适在同年9月23日写给胡近仁的书信《致胡近仁诗》一文中。诗后有跋:"丁未夏,余归自申江,与近仁先生别三年矣。相见依依,不忍言别,而又不能不相别,赋此留别,即希教正。秋八月族侄骍谨识。"其时,胡适脚气病复发,由上海回到安徽绩溪上庄家中。这期间,受到胡近仁的鼓励,胡适始沉溺于旧诗创作。胡适这次在安徽家中"读了不少白居易的诗",并言及"我在这时期的诗,很表现《长庆集》的影响"(胡适《四十自述·在上海(二)》)。胡适十分欣赏《长庆集》中贯穿始终的"歌诗合为事而作"的诗论主张,这首诗即据此诗论为旨归而作。胡适在诗中以真挚的笔法表达了他对胡近仁的浓郁惜别之情,体现了胡适对虚情矫态、无病呻吟的古典诗风的摒弃。胡近仁(1883—1932),字祥木、堇人,安徽绩溪上庄村人,学问渊博,为胡适在上庄创办毓英小学的主事人。其与胡适交谊最笃,是胡适九年家乡生活中的"总角之交",对少年胡适在学术上有启蒙奠基之功。

〔注释〕

①何堪：怎能忍受。[清]吕大器《镇羌道上有感》："鹰眼何堪秋草枯？姑臧清节至今无。"

②叙伦彝：语出《尚书·洪范》："鲧则殛死，禹乃嗣兴，天乃锡禹洪范九畴，彝伦攸叙。"本义指治国安民的常理施行顺遂，这里指胡适与叔叔辈分的胡近仁话家常。

③驹：原指少壮的骏马，这里用来比喻少年才俊胡近仁。

④折柳：因"柳"与"留"谐音，因此常被用来表示"惜别怀远"的挽留之意，是古诗中常用的离别意象。

〔评点〕

这是一首赠别诗。在"人生不相见，动如参与商"的悲怆情感基调下，胡适抒发了对胡近仁的至亲挚友之情，以及将要离别时的不舍之情。全诗结构清晰：前四句，一句一事，一气呵成，细致展现了胡适与近仁极为深厚的亦师亦友之亲情；后四句，一句一情，浑然天成，真挚描摹了胡适与近仁不忍离别的悲伤之情。这首五律依循了传统赠别诗首联以点离别之意起，颔联与颈联说人事、景物，尾联表激励、规劝之情的写法，而对离别之情的渲染与表现，更有杨载要求赠别诗"当写不忍之情，方见襟怀之厚"的风采。整首诗最大的特色在于词语的叠加使用，如"耿耿""依依""怅怅"，这些叠韵词不仅渲染了离别之情，同时也营造了语意美、意境美和音乐美，增强了诗的表现力和感染力。

西台行

富春江①上烟树里，石磴②嵯峨③相对峙。
西为西台东钓台④，东属严家西谢氏。
子陵垂钓自优游⑤，旷观⑥天下如敝屣⑦。
皋羽登临曾恸哭，伤哉爱国情靡⑧已。
如今客自桐江⑨来，不拜西台拜钓台。
人心趋向乃如此，天下事尚可为哉！

〔题解〕

　　这首诗写于1907年9月，其时，胡适由安徽绩溪老家返回上海，途经富春江时游览历史古迹"西台"与"钓台"。诗前有序："严光钓台之西，为谢皋羽西台，而过者但知有钓台，不知有西台也，感此成八十四字。"原载1908年10月5日《竞业旬报》第29期，署名铁儿。后载于1929年6月15日《吴淞月刊》第2期，改题为《谢皋羽西台》。西台：在今浙江省桐庐县南富春山，为南宋遗民谢翱哭祭文天祥处。谢翱，字皋羽，一字皋父，南宋爱国诗人，"福安三贤"之一。

〔注释〕

　　①富春江：河流名，在浙江省境内，为钱塘江建德市梅城镇下至萧山区闻家堰段的别称。

②石磴:即石级、石台阶。

③嵯峨:坎坷不平。杜甫《江梅》:"故园不可见,巫岫郁嵯峨。"

④钓台:与西台相对。相传是东汉的严子陵,即严光,垂钓之处。严子陵是东汉中兴的光武帝幼时挚友,是光武帝逐鹿中原的策士。光武帝即位后,邀其做官,严子陵婉言谢绝,到富春山中钓鱼,过隐居生活。

⑤优游:从容,不急迫。[晋]袁宏《后汉纪·灵帝纪下》:"仆愿先生优游俯仰,贵处可否之间。"

⑥旷观:纵观。[明]方孝孺《悯知赋哀叶廷振》:"吾旷观乎宇宙兮,等万古于一沤。"

⑦敝屣:破旧的鞋,比喻没有价值的东西。《孟子·尽心上》:"舜视弃天下犹弃敝屣也。"

⑧靡:分散、消散。

⑨桐江:指今浙江钱塘江干流自建德市梅城镇至桐庐县城一段,为富春江上源。

〔评点〕

这是一首怀古诗,借由对历史古迹西台与钓台的凭吊,胡适旗帜鲜明地亮出了自己的"抑严褒谢"主张,即抨击严子陵式消极避世、优游不迫的隐逸之辈,褒赞以身许国、忧国忧民、积极入世的谢翱式名士风范。这是胡适在其诗词作品中首次流露出的对古人的理性判断,表明了少年时代的胡适已有反对退隐,主张积极参与社会世事的爱国情怀。全诗采用了对照模式的诗歌结构法则。就其外在形式而言,如果说诗歌三四句中的"西"与

"东","西台"与"东台","严家"与"谢氏"互为对照尚属对照法则的局部应用,那么随后的"子陵垂钓自优游,旷观天下如敝屣"与"皋羽登临曾恸哭,伤哉爱国情靡已"之句,则形成整体性对照模式。就整首诗的内容而言,随着严子陵和谢翱的两相对立人生指向展开的,不仅是古人或消极避世或积极入世的对立思想,同时也暗示着今人之相似命运,即胡适所坚持的爱国情怀与"人心趋向""拜钓台"之对立境况。概而言之,如果没有二元对立结构,以"谢翱"和"严子陵"为代表的古今人物之间的尖锐对立冲突就无法得以鲜明展现,而隐藏其后的胡适积极入世的思想就更无从谈起。也就是说,如果不讲究对照结构的整齐布局,而是一味地强拉硬塞爱国思想入诗歌,整首诗就会结构涣散,缺乏感染力。李敖在《胡适研究》中评点这首怀古诗,认为其"很可以代表当时胡适的思想———一种'不退隐的入世思想';一种'非严光的思想';一种'谢翱(皋羽)思想'"。

十月九日离群索居俯仰身世率成

生年今十六，所事①竟何成②！
苦虑忧如沸，愁颜酒易赪③。
伤心增马齿④，起舞感鸡声⑤。
努力完天职，荣名⑥非所营。

〔题解〕

这首诗写于1907年10月9日，最初见于1989年安徽美术出版社出版的《胡适家书手稿》中胡适写给胡近仁的《致胡近仁书》中。现将书信原文摘录于下："别后于九月初八日始抵申，明日即重阳矣。七夕尚与足下携手共观巧云，今日何日，乃不能得与足下共赏黄花令节矣。念之能无黯然销魂耶？小诗数章附函寄呈，待足下评骘甚殷，匠石之斧，断断不可不挥也。今夕即有人返里，匆此布达。即询进境。族侄骍顿首。"

〔注释〕

①所事：凡事、事事。〔元〕马致远《汉宫秋》第二折："他诸余可爱，所事儿相投。"
②何成：指一无所成。
③赪：本义指红色、浅红色，这里指喝酒后脸色变红。陆游《养疾》："菊颖寒犹小，枫林晓渐赪。"

④增马齿：化用自"马齿徒增"的典故，语出《左传·僖公二年》："荀息牵马操璧而前，曰：璧则犹是也，而马齿加长矣。"指马的牙齿随年龄增长而增加。后人常以为谦辞，借指自己的年龄。[北周]庾信《谨赠司寇淮南公诗》："犹怜马齿进，应念节旄稀。"

⑤起舞感鸡声：化用自典故"闻鸡起舞"，语出《晋书·祖逖传》："初，范阳祖逖，少有大志，与刘琨俱为司州主簿，同寝，中夜闻鸡鸣，蹴琨觉曰：'此非恶声也！'因起舞。"后用来指有志报国的人即时奋起。

⑥荣名：美名。语出《战国策·齐策》："效小节者不能行大威，恶小耻者不能立荣名。"又如[唐]骆宾王《上吏部裴侍郎书》："不汲汲于荣名，不戚戚于卑位。"

〔评点〕

少年时代的胡适借由这首诗抒写了自己希求早日实现个人价值，为国家建功立业的远大抱负与情怀。全诗首联以感叹至今一事无成起；颔联则承接首联而来，延续了其愁闷困苦之悲情；颈联通过巧妙选取常用典故，转前两联的"苦忧"之虚情为实在之象，即将不可触摸的愁思转化作具体可感的意象，从而形成虚实相生的效果；尾联合句则以直抒胸臆之笔法点明其要"完天职"之使命。总之，这首诗在讲求起承转合与血脉贯穿的律诗文法下，呈现出自然流动的文势变化，进而增强了胡适要为国家建功立业的感染力。

题秋女士瑾遗影

生前曾卜邻①,相去仅咫尺。
云何咫尺间,彼此不相识。

身后见君影,倭刀②光熠熘③。
秋雨复秋风④,斯人不可作!

〔题解〕

　　这首诗写于1907年10月,胡适养病离家赴沪途中。诗后有跋:"途中寄怀一诗,本未入流之作,不足记忆。如先生能为我点铁成金,则尤当九叩首以谢。骍又白。"这首诗的创作正值民众得知革命女侠秋瑾在浙江绍兴古轩亭口遇害,全国舆论一片哗然,各大报纸愤慨谴责之际。秋女士瑾:即秋瑾(1875—1907),浙江山阴(今绍兴市)人,字璿卿,号旦吾,后改字竞雄,号鉴湖女侠,近代民主革命志士,妇女解放运动的先驱。1907年7月14日被捕,几经清军审问,她只书"秋风秋雨愁煞人"七字,别无他语。7月15日凌晨,被押至绍兴古轩亭口刑场,从容就义,年仅三十二岁。孙中山评价其为"慕义之士""独树一帜以建义"。十二年后的1919年,鲁迅更是以秋瑾的革命事迹为原型,创作了《药》这篇小说。

〔注释〕

①卜邻：化用自典故"孟母择邻"，见［汉］刘向《列女传·邹孟轲母》。这里指胡适自谦其愧为秋瑾的邻居。
②倭刀：日本旧时所制的佩刀，以锋利著称，我国称之为日本刀。据徐双韵《忆秋瑾》一文所记载："秋瑾发言，力主回国，词意激昂，随手从靴筒取出倭刀，插在讲台上说：'如有人回到祖国，投降满虏，卖友求荣，欺压汉人，吃我一刀。'"因此可知，倭刀为秋瑾随身佩戴之物。
③熠熠：闪耀。何晏《景福殿赋》："光明熠熠，文采璘斑。"
④秋雨复秋风："秋女士口供止书'秋雨秋风愁煞人'一句。"——胡适自注

〔评点〕

这是一首题影寄怀诗。通过回忆秋瑾生前，胡适与之相住咫尺却未曾相识的遗憾，以及伤感秋瑾死后，自己只能借遗影以寄托哀思的悲凉，大力褒赞了秋瑾为国捐躯的英雄壮举。这反映出他同情、支持革命进步人士，抨击没落清王朝统治，关心国家前途和民族命运的思想情怀。全诗采用了对照手法来强化哀伤的情感厚度，即诗的前四句与后四句形成整体性对照——过去与现在的时间对照、咫尺与天涯的空间对照，从而使得胡适哀秋瑾的感情力度得到凸显与强化。另外，胡适将秋瑾被捕后的口供"秋雨秋风愁煞人"巧妙地化用进诗歌，从而营造了故去的秋瑾与真实的胡适隐形对话的氛围，这种在历史真实的基础上完成的与其自身的隐形对话，反映出少年时代的胡适便已具备开放的现代审美风格与趣味。

观爱国女校运动会纪之以诗

烂漫春三①天气新,垂杨十亩草如茵。
名园曲曲深深处,中有悲歌慢舞人。
蛾眉②回首几辛酸,欲买青丝③绣木兰。
姊妹花枝憔悴甚,为谁和泪看"麻滩"④。
落日风翻照国旗,更无遗恨到蛾眉。
剧怜娇小玲珑女,也执金刀学指挥⑤。
无端忽作天魔舞⑥,宛转琴声踏踏歌⑦。
歌到离离禾黍⑧句,也应蹴损⑨小蛮靴⑩。
疏林回首夕阳斜,愧煞须眉⑪几万家。
我欲赞扬无别语,女儿花发文明花。

〔题解〕

这首诗写于1907年,原载1908年5月20日的《竞业旬报》第15期,署名铁儿。清末民初,受军国主义和"尚武"精神的影响,诸多无异于男子的尚武运动开始出现在女校校园和女子运动会中,其中尤以"徒手操""棍棒操"以及本诗中出现的"麻滩"这一体操运动为代表。《海上闲谈》一文就曾指出:"上海女校林立,春风所煦,女界之开通者多,而女权之发达亦遂不弱于男子。凡男子所为者,女子必一一仿为之,是故运动会也,演剧也,男女校常有同一之兴会。"(《申报》1910年11月27日)胡适创作这首诗,正是希望借彼时女校女子体育的社会影响,以唤醒中国女性所应承担的挽救祖国危亡的社会责任,并改变传统中国女性的社会地位与社会价值。

〔注释〕

①春三:彼时上海方言,指初春。

②蛾眉:亦作"娥眉"。蚕蛾的触须弯曲细长,故用以比喻女子美丽的眉毛。此处代指女性。苏曼殊《东居杂诗》:"空山流水无人迹,何处蛾眉有怨词?"

③青丝:青色的丝线。《乐府诗集·相和歌辞三·陌上桑》:"青丝为笼系,桂枝为笼钩。"

④"麻滩":清末民初流行于上海女校中的一种少年军体操。

⑤这一句指"麻滩"体操的引领者是一个幼年学生。

⑥天魔舞:元代宫廷乐舞,用于赞佛、宴享。舞者为宫女十六人,头垂辫发,戴象牙佛冠,身披璎珞,扮成菩萨形象而舞。伴奏用佛曲,乐器有龙笛、筝、琵琶、响板等。[清]贝青乔《咄咄吟》(其二):"天魔群舞骇心魂,儿戏从来笑棘门。"

⑦踏踏歌:即踏歌,亦称踏舞,是自唐宋流传至今的传统民间舞蹈形式。主要是用踏步以应歌拍,乃舞蹈中的一种基本动作。[宋]马远《踏歌图》:"丰年人乐业,垄上踏歌行。"

⑧离离禾黍:由《诗经·黍离》篇开首的"彼黍离离"一句脱化而来。《毛诗序》称:"《黍离》,闵宗周也。"由

此，黍离之悲成为重要典故，用以指亡国之痛。

⑨蹴损：蹴，踩、踏；蹴损即踩坏。[元]王实甫《西厢记》："金莲蹴损牡丹芽，玉簪抓住荼蘩架。"

⑩小蛮靴：为京剧鞋靴的一种。皮革薄底，软胎，靴腰齐踝。

⑫须眉：本义指胡须，见《左传·昭公二十六年》："有男子白皙鬒须眉。"后用以借指男子。[清]曹雪芹《红楼梦》："我堂堂须眉，诚不若彼裙钗。"

〔评点〕

　　这首七言古诗不仅记录了爱国女校运动会的场景，同时也展现了庭院深处舞女由辛酸悲愤到斗志昂扬的心路历程。全诗表达了胡适希望为中国妇女树立起可供效仿的女性楷模，希望她们力争做一个爱国的女子，为挽救祖国的危亡做出贡献的思想感情。同时也显露出胡适旨在改造国民灵魂，唤起民族精神与个性解放的精神追求。全诗通过人为"切割"与"重构"物理空间中原本并不相关的两种现象——庭院深处歌女的吟唱与爱国女校学生的运动会，引起一种类似电影蒙太奇的效果，进而构成了歌女有感于女校学生操练体操，进而奋发图强的这一突破常规的人生体验。

弃父行

贵易交，富易妻①，不闻富贵父子离。
商人三十始生子，提携②鞠养③恩难比。
儿生六岁教儿读，十七成名为秀士④。
儿今子女绕床嬉，阿翁千里营商去。
白首栖栖⑤何所求？只为儿孙增内顾⑥。
儿今授徒居乡里，束修⑦不足赡妻子。
儿妇系属出名门，阿母怜如掌上珍。
掌上珍，今失所，婿不自立母酸楚。
检点奁中⑧三百金，珍重私得与息女⑨。
夫婿得此欢颜开，睥睨⑩亲族如尘埃。
持金重息贷乡里，三岁子财如母财。
尔时阿翁时不利，经营惨淡还颠踬⑪。
关山⑫屡涉鬓毛霜⑬，岁月频催齿牙坠。
穷愁潦倒始归来，归来子妇相嫌猜。
道是阿翁老不死，赋闲坐食⑭胡为⑮哉？
阿翁衰老思梁肉⑯，买肉归来子妇哭：
"自古男儿贵自立，阿翁恃子宁非辱？"
翁闻此言赫然怒，毕世劬劳⑰殊自误。
从今识得养儿乐，出门老死他乡去。⑱

〔**题解**〕

　　这首诗写于1907年，原载于1908年8月27日《竞业旬报》第25期，署名铁儿。诗前小序云："《弃父行》，作者极伤心语也。作者少孤，生十六年，而先人声音笑貌，仅于梦魂中得其仿佛。年来极膺家难，益思吾父苟不死者，吾又何至如此？是以知人生无父为至可痛也。嗟夫！吾不意天壤间乃有弃父之人，其人非不读书明理也，其弃其父也，非迫于饥寒困苦不能自存也。嗟夫，吾又乌能已于言耶？吾故曰《弃父行》作者极伤心语也。"胡适在1914年8月29日的《胡适留学日记》中又追记了这首诗，云："余幼时初学为诗，颇学香山。十六岁闻自里中来者，道族人某家事，深有所感，为作《弃父行》。弃置日久，不复记忆。昨得近仁书，言此人之父已死，因追忆旧作，勉强完成，录之于此。"

〔**注释**〕

①贵易交，富易妻：语出《后汉书·宋弘传》："帝令主坐屏风后，因谓弘曰：'谚言贵易交，富易妻，人情乎？'弘曰：'臣闻贫贱之交不可忘，糟糠之妻不下堂。'帝顾谓主曰：'事不谐矣。'"后用以形容世态炎凉与人情淡薄。
②提携：牵扶、携带。《礼记·曲礼》："长者与之提携。"
③鞠养：抚养、养育。《旧唐书·李承传》："承幼孤，兄晔鞠养之。"
④秀士：乡学中有才德之学生。见《礼记·王制》："命乡，论秀士，升之司徒，曰选士。司徒论选士之秀者而升之学，曰俊士。"柳宗元《濮阳吴君文集序》："古之司徒，

必求秀士，由乡而升之天官。"

⑤栖栖：忙碌不安的样子，语出《诗经·小雅·六月》："六月栖栖，戎车既饬。"又如陶渊明《饮酒》："栖栖失群鸟，日暮犹独飞。"

⑥内顾：对家事的顾念，见《周书·文帝纪上》："吾便速驾，直赴京邑。使其进有内顾之忧，退有被蹑之势。"〔晋〕左思《咏史》（其八）："外望无寸禄，内顾无斗储。"

⑦束修：语出《论语·束修》："子曰：'自行束修以上，吾未尝无诲焉！'"束，即用绳子捆拢为一束；修同脩，指腊肉。春秋时孔子办学，学生以束修为礼，即可入学受教。后因以束修指投拜教师的学费。这里指的是教师的俸禄。

⑧奁：古代存放器物的匣子叫奁。诗词作品中专指妇女梳妆用的镜匣和盛其他化妆用品的盒子。又奁匣是陪嫁女儿的必备之物，因此后来"奁"也被用来指代女子由娘家带来的财物。

⑨息女：见《史记·高祖本纪》："臣有息女，愿为季箕帚妾。"指自己的亲生女儿。

⑩睥睨：斜着眼看，侧目而视，有厌恶或高傲之意。王安石《虎图》："睥睨众史如庸奴。"

⑪颠踬：走路跌跌撞撞的样子，这里指困顿、挫折。见《东周列国志》："从门外攘臂直趋，甲士挡之者，皆纵横颠踬。"

⑫关山：原泛指险要的关塞和山脉，这里用来比喻难关。《木兰诗》："万里赴戎机，关山度若飞。"

⑬ 鬓毛霜：化用自〔唐〕贺知章《回乡偶书》："乡音无改鬓毛衰。"这里指鬓角的头发变白，比喻外出经商之艰难。〔唐〕岑参《送人归江宁》："吾兄应借问，为报鬓毛霜。"

⑭ 坐食：指只吃饭，不做事，见《三国志·吴书》："今国无一年之储，家无经月之畜，而后宫之中，坐食者万有余人。"

⑮ 胡为：为什么。李白《蜀道难》："嗟尔远道之人，胡为乎来哉！"

⑯ 粱肉：泛指美食佳肴，见《汉书·食货志上》："衣必文采，食必粱肉。"又如〔唐〕孟郊《出门行》："君今得意厌粱肉，岂复念我贫贱时。"

⑰ 劬劳：劳累、劳苦，语出《诗经·小雅·蓼莪》："哀哀父母，生我劬劳。"

⑱ 胡适自注："此下原有'吁嗟呼！慈乌尚有反哺恩，不如禽兽胡为人'三句，今删。"

〔评点〕

　　这首诗表面上记叙胡适愤慨于族人不孝子而作诗抨击，实则暗里却夹杂着胡适对父亲早亡，年少自己就远离母亲独自外出求学的伤感与无奈。更深层次而言，其时的中国社会正处于封建文化分崩离析、现代观念尚未建立之际，胡适震惊于新旧文化碰撞背后显露出的中国传统孝道文化的泯灭，遂写下这出悲剧，这凸显了他在新旧文化交替之际思想的复杂性。胡适的这首歌行体长诗借鉴了杜甫《兵车行》的艺术特色，寓无奈、悲伤之情于日常生活叙事中,可谓在叙述中抒情。且看首句"贵易交,富易妻,不闻富贵父子离",胡适以议论之姿为全诗定下悲怆的情感基调,并点明题目"弃父"之意。之后,胡适又以夹叙夹议之笔法对白发阿翁含辛茹苦拉扯儿孙之艰辛过程作深度描绘,读来令人潸然泪下。紧接着,"儿妇系属出名门""婿不自立母酸楚"等叙述之语,又为老翁失败经商归来遭家人所弃做铺垫。终于,在全诗结尾,胡适再也无法克制的奔涌情感,透过"弃父"之口,以反讽语气一语破的,再一次揭示了传统孝道文化分崩离析之境况。

霜天晓角·长江

江山如此，人力何如①矣。遥望水天连处，青一缕，好山水。　　看轮舟②快驰往来天堑地，时见国旗飘举，但不见，黄龙③耳。

〔题解〕

这首词写于1907年，胡适脚气病复发，回安徽绩溪老家休学疗养期间。原载1908年8月27日《竞业旬报》第25期，署名铁儿。胡适在后来的《四十自述》中曾提及这段岁月，言："那一次在家，和近仁叔相聚甚久，他很鼓励我作诗。在家中和路上都有诗。这时候我读了不少白居易的诗，所以我在这时期的诗，很表现《长庆集》的影响。"

〔注释〕

①何如：用反问的语气表示胜过或不如。

②轮舟：即轮船。[清]马建忠《适可斋记言·借债以开铁道说》："津京铁道一成，则南北往来先以轮舟，继以轮车，士庶官商，人人称便。"

③黄龙：本义指古代传说中的动物名，在这里以黄龙旗指代中国。《吕氏春秋·知分》："禹南省，方济乎江，黄龙负舟。"

〔评点〕

这首词上阕写自然景象——状水天一色之美景如在目前;下阕写社会现象——各国轮船在江水中争相竞渡,独不见中国船只的身影,可谓抒愤慨帝国主义争相瓜分中国的不尽之意于言外。但是,面对"君王之侧,他人酣睡"的近代中国窘相,胡适仅以"但不见,黄龙耳"六字叙述之,少了抒情性语言所能带来的振聋发聩,多了一份沉痛的含蓄,并不损于整首词爱国情怀的抒发与表达。李敖在《胡适评传》中,评点这首词是一首爱国词,但认为其"多了许多说理的臭味"。

读小说《铁锚手》

螳螂捕鸣蝉,雀且伺其后。①
世态尽如是,古道于何有?
世人多嗜欲②,戕生③亦自取。
劝君且归来,一读《铁锚手》。

〔题解〕

　　这首诗写于1907年,后收入1994年12月黄山书社出版的《胡适遗稿及秘藏书信》第11册。《铁锚手》此书为英国侦探小说,叙一医生谋取一富翁财产,乘其妇病,酖杀之,而矫为自戕状。事为看护妇所觉,以胁诈医,方与争辩,为富翁所闻,将杀医。医趁其不备扼杀之。适室中有穿窬二人,备见其状,窃尸归。诣医家诈取重资。医又放毒气杀此盗,化其尸,余一手。某侦探侦得此盗踪迹,与盗妻共诣医家搜之,得一手,上刺铁锚,盗妻识为其夫。会当富翁亦为人救苏,乃诣官讼之,罪人斯得。(据陈大康发表在2008年第1期《明清小说研究》上的文章《晚清〈新闻报〉与小说相关编年(1906—1907)》所述)

〔注释〕

　　①此句化用自"螳螂捕蝉,黄雀在后"的典故,语出《战国策·楚策》。本义指螳螂正要捉蝉,不知黄雀在它后面正要

吃它，这里用来指代小说《铁锚手》中医生与看护谋杀富翁，却正好被盗贼窥见窃尸以讹诈的情节。

②嗜欲：嗜好与欲望，多指贪图身体感官方面享受的欲望。

③戕生：伤害生命。林则徐《示谕外商速缴鸦片烟土四条稿》："尔则图私专利，人则破产以戕生。"

〔**评点**〕

　　以侦探小说《铁锚手》为依托，胡适这首诗深刻揭示了人心不古、世风浇薄的人类生存现状，并严厉批判了以感官享受为精神内核的现代城市生活，进而呼吁人们应该捡起失落的道德感，重新找回生活的意义和人生的本真价值。更深层次而言，在这首诗里，胡适已经触碰到了现代人被物质异化的精神存在，并尝试着探索人类存在的价值和意义这一终极问题的答案。全诗别出心裁地以阅读小说《铁锚手》之后的读后感为诗，从而造成小说《铁锚手》与诗歌《读小说〈铁锚手〉》之间形成不同文体的相互观照结构，这使得整首诗散发出一种超前的美学意味。

沁园春·春游

寂寞春三①,雨雨风风,过了清明。有香车宝马,风鬟雾鬓②,拈花笑语,道是新晴③。十里垂杨,四郊麦秀,斜日微风闲听莺。蓦回首,看绿阴曲径,中有人行!

青青绿上孤茔④,又杜宇⑤枝头三两声。念斗鸡走马⑥,个人如画,断坟三尺,云满春塍⑦。风景依然,韶华不再,莫教寻常负此生。归去也,且及时行乐,说甚飘零。

〔题解〕

这首词写于1908年3月,是胡适在上海中国公学读书的第三年。最早见于1994年黄山书社出版的耿云志主编《胡适遗稿及秘藏书信》。胡适曾在《四十自述》中写道:"我在脚气病的几个月中发现了一个新世界,同时也决定了我一生的命运。我从此走上了文学史学的道路,后来几次想矫正回来,想走到自然科学的路上去,但兴趣已深,习惯已成,终无法挽回了。"可以说,正是胡适对文学的兴趣,促使其回到中国公学后,经常与同学唱和,并凭借《弃父行》以及这首《沁园春·春游》等诗词作品最终获得"少年诗人"的美誉。

〔注释〕

①春三：旧时上海方言，指初春。

②风鬟雾鬓：见〔宋〕周邦彦《减字木兰花》："风鬟雾鬓，便觉蓬莱三岛近。"鬟，环形发髻；鬓，脸庞靠近耳朵的头发。风鬟雾鬓用以形容女子头发美丽。〔宋〕范成大《新作景亭程咏之提刑赋诗次其韵》："花边雾鬓风鬟满，酒畔云衣月扇香。"

③新晴：天刚放晴的样子。〔宋〕秦观《望海潮·洛阳怀古》："金谷俊游，铜驼巷陌，新晴细履平沙。"

④孤茔：即孤坟，无人祭扫的坟墓。〔唐〕黄滔《经安州感故郑郎中》："岳客出来寻古剑，野猿相聚叫孤茔。"

⑤杜宇：即杜鹃鸟，又称子规、望帝，啼声悲切。传说，杜鹃为战国时蜀王望帝杜宇魂魄所化，又说，闻杜鹃初鸣的人，将有伤别之事。王安石《杂咏绝句之十五》："月明闻杜宇，南北总关心。"

⑥斗鸡走马：语出《汉书·宣帝纪》："（宣帝）受《诗》于东海复中翁，高材好学，然亦喜游侠，斗鸡走马。"指使鸡与鸡搏斗，马与马赛跑的游戏。多指不务正业，游手好闲之徒的无聊游戏。〔唐〕崔颢《代闺人答轻薄少年》："花间陌上春将晚，走马斗鸡犹未返。"

⑦春塍：塍，田间的土埂子、小堤。春塍指春天的田畦。〔宋〕赵师侠《小重山》："积水满春塍。绿波翻郁郁，露秧针。"

〔评点〕

　　词的上阕,勾勒出了一派生机盎然的春景;词的下阕,抒发了有感于人生苦短而要及时行乐的情思。众所周知,《沁园春》是以四言句为基本旋律的长调词牌,在全词二十五句中,纯四言句十五个,全凭"一/四结构句"穿插其间,上勾下连,才使得整首词轻盈活泼,富于律动感,不至枯板。而在"一/四结构句"中,又以"一字领"最为举足轻重。就这首《沁园春》而言,因胡适有意在"一字领"上下功夫,从而使得整首词,无论是于结构还是于意蕴而言,都收到了极佳的效果。具体来看,上阕的一字领"有",不仅统领之后的"香车宝马""十里垂杨""四郊麦秀"之物,且使整首词视野开阔,格局开张;再看下阕的"念"字,以自我低吟式的口吻将"韶华不再""说甚飘零"之伤春悲秋与及时行乐的内心情态和盘托出。整体观之,这首《沁园春》寓情于景,格调深沉。

口 号

人世苍茫甚，营营①何所求？
可怜家国计，都是稻粱谋②。
路易③独夫④帝，哥仑⑤窃国侯⑥。
浮名⑦刍狗⑧耳，吾道自悠悠。

〔题解〕

　　这首诗写于1908年4月，原载1908年9月6日《竞业旬报》第26期，署名冬心。其时，胡适家中在上海的店铺生意每况愈下，已经到了因入不敷出而即将转卖他人的境地。生活上的困顿与爱国情怀的报国无门，最终促使胡适写下了这首情绪低沉的诗作。

〔注释〕

① 营营：指奔走钻营。〔唐〕戴叔伦《赠康老人洽》："陌头车马共营营，不解如君任此生。"
② 稻粱谋：比喻人之谋求衣食和基本生活必需品。杜甫《同诸公登慈恩寺塔》："君看随阳雁，各有稻粱谋。"
③ 路易：指路易十五，法国国王，路易十四的曾孙。他执政期间，对内加强反动统治，对外不断进行侵略战争。到其死时，国库空虚，民不聊生，反对封建统治的斗争此伏彼

起，启蒙思想活跃，封建专制统治陷入危机。

④独夫：指残暴无道、众叛亲离的统治者。[清]黄宗羲《原君》："今也天下之人怨恶其君，视之如寇仇，名之为独夫，固其所也。"

⑤哥仑：指意大利著名航海家哥伦布，其曾先后四次横渡大西洋，到达美洲大陆，是人类历史上最为出色的航海家之一。据林纾在《〈雾中人〉叙》（商务印书馆，1906）中言："古今中外英雄之士，其造端均行劫者也。大者劫人之天下与国，次亦劫产，至无可劫，西人始创为探险之说。先以侦，后仍以劫。独劫弗行，且啸引国众以劫之。自哥伦布出，遂劫美洲，其赃获盖至巨也。"正是源于此相同理念——"窃钩者诛，窃国者侯"（庄子语），才有了"哥仑窃国侯"之语。

⑥窃国侯：语出《庄子·胠箧》："彼窃钩者诛，窃国者为诸侯；诸侯之门，而仁义存焉。"用以讥刺小盗被杀、大盗得国的反常现象。[明]李梦阳《自从行》："若言世事无颠倒，窃钩者诛窃国侯。"

⑦浮名：即虚名。[南朝·宋]谢灵运《初去郡》："伊余秉微尚，拙讷谢浮名。"

⑧刍狗：语出《老子》："天地不仁，以万物为刍狗；圣人不仁，以百姓为刍狗。"本义指古代祭祀时用草扎成的狗，后用来比喻微贱无用的事物或言论。

〔评点〕

　　面对国家混乱、政治黑暗与自身家族境况的风雨飘摇，以及个人前途的虚无缥缈，胡适选择了以不问世事，"躲进小楼成一统"的消极处世方式来应对。这一消极避世的思想倾向一反先前他在诗中振臂高呼的报国情怀，并揭开了弥漫于其整个上海求学时期的"悲观之念"（胡适自评这段岁月之语）的序幕。囿于外国人名"路易""哥仑"的直译，整首诗的语言呈现出一种中西糅合、古今交杂、日常口语和古语交替出现的现象。对于诗歌的整体艺术表达而言，这一现象部分消解了古诗原有自成一体的古蕴，显露出以口语书写日常生活的艺术倾向。

赠鲁楚玉

中州①有义士，慷慨一夷门②。
千里赴急难，何须说报恩？③
可怜山阴道④，黑狱埋冤魂。
君志乃不遂，天道亦何言。
相见一叹息，青衫有泪痕⑤。
世风日已下，古道日已沦。
谁为患难交？翻手成雨云。
谁复如吾子，论交到九原⑥？
耿耿此心在，滔滔吾道存。
拂衣⑦愿同调，碌碌安足论？

〔题解〕

　　这首诗写于1908年8月，原载1908年9月16日《竞业旬报》第27期，署名冬心。诗前有序云："楚玉，中州人。有乡人程毅以秋瑾事株，系绍兴狱。楚玉与其乡人集资周其日用者，一年于兹矣。楚玉留学上海，时往省视。寒岁十二月隆冬，犹往来吴越间也。今年夏，楚玉上书浙省大吏，请保释程君。书上待裁决，而程君遽以暴疾死狱中。楚玉为之营葬已乃来上海。语及此事，则唏嘘不已。"据胡适在《四十自述》中回忆："这几个月以来，我没有钱住宿舍，就寄居在《竞业旬报》社里（也在庆祥里）。从七月起，我担任旬报的编辑，每出一期报，社中送我十块钱的编辑费。住宿和饭食都归社中负担。"彼时胡适已为"天涯沦落人"，"衣不果腹"的真实生存困境让他更真切地体会到了友人鲁楚玉对其同乡革命党人程毅千里慷慨解囊的不易壮举。或许彼时胡适内心也迫切希望能得到像鲁楚玉这般能"救人于危难之间"的"雪中送炭"式友人，或许也正基于此种真实心灵感受，促使他最终通过这首诗宣泄了长时间压抑于内心的强烈苦闷、不得志的情感。

〔**注释**〕

①中州：狭义的中州指今河南一带，广义的中州则泛指全中国。这首诗里的"中州"指代河南。[宋]李清照《永遇乐·落日熔金》："中州盛日，闺门多暇，记得偏重三五。"

②慷慨一夷门：化用自侯嬴的典故，见《史记·魏公子列传》。本义指沉沦在社会底层的谋士侯嬴，为魏国公子信陵君窃符救赵出谋划策，后用以比喻愿为知己者效死的智谋之士。此处指代鲁楚玉。王维《夷门歌》："亥为屠肆鼓刀人，嬴乃夷门抱关者。"夷门，战国时期，魏国都城大梁的东门。侯嬴当时是夷门的守门官。

③胡适自注："楚玉有诗云'解衣推食寻常事，敢向英雄说报恩'，可想见其为人矣。"

④山阴道：见［南朝］刘义庆《世说新语·言语》："王子敬云：'从山阴道上行，山川自相映发，使人应接不暇。'"后用以形容美好事物太多让人来不及欣赏，或用此典故以

说明对友人的怀念或惜别之情。杜甫《舟中夜雪,怀卢十四侍御弟》:"烛斜初近见,舟重竟无闻。不识山阴道,听鸡更忆君。"

⑤青衫有泪痕:化用自白居易《琵琶行》:"座中泣下谁最多?江州司马青衫湿。"指流下悲痛的泪水。[清]纳兰容若《青衫湿遍》:"青衫湿遍,凭伊慰我,忍便相忘。"

⑥九原:语出《礼记·檀弓》:"赵文子与叔誉观乎九原。"本义为山名,因相传春秋时晋国卿大夫的墓地在此,后世因称墓地为九原。这首诗里的"九原"则是指的九州大地。

⑦拂衣:见《后汉书·杨彪传》:"今横杀无辜,则海内观听,谁不解体!孔融鲁国男子,明日便当拂衣而去,不复朝矣。"指提起或撩起衣襟,这里比喻归隐。王维《送张五归山》云:"几日同携手,一朝先拂衣。"

〔评点〕

通过慷慨悲昂地叙述友人鲁楚玉奔走呼号救同乡的壮举,胡适在这首五古中嘲讽抨击了世风日下、人心不古的清末黑暗社会现状。与此同时,他的"道不行,乘桴浮于海"的消极避世思想也表露无遗。全诗多个画面的呈现以时间轴为基准,历时性地不断推进画面以动态性的形态来展现,这一改以往"诗中有画"的静态画面局限感,加强了鲁楚玉营救行为的真实性、生动性和感染力,强化了渲染效果的同时,又在很大程度上调动了读者的阅读参与体验。全诗语言铿锵有力与细腻柔和并举,有力地承接了诗人既悲愤又哀怨的情感。

秋日梦返故居觉而怃然若有所失因纪之

秋高风怒号①,客子②中怀乱③。
抚枕一太息④,悠悠归里闬⑤。
入门拜慈母,母方抚孙玩。
齐儿见叔来,牙牙似相唤。
拜母复入室,诸嫂同炊爨⑥。
问答乃未已,举头日已旰⑦。
方期长聚首,岂复疑梦幻?
年来历世故,遭际多忧患。
耿耿苦思家,听人讥斥鷃⑧。

〔题解〕

　　这首诗写于1908年9月,原载于1908年9月16日《竞业旬报》第27期,署名冬心。后载于1929年6月15日《吴淞月刊》第2期时,改题为《秋日梦返故乡》。据胡适后来在《四十自述》中所言,"戊申(1908年)的下半年,我家只剩汉口一所无利可图的酒栈(两仪栈)了",且"这几个月来,我没有钱住宿舍,就寄居在《竞业旬报》社里"。所谓"独在异乡为异客",更何况还要面对家道中落的现实困境,因此在浓烈的孤独飘零之感与家境每况愈下的艰难现实裹挟下,遭受思乡之情困扰的胡适最终选择梦境这一突破口进行酣畅淋漓的宣泄。

〔注释〕

① 秋高风怒号：形容深秋季节北风劲吹，语出杜甫《茅屋为秋风所破歌》："八月秋高风怒号，卷我屋上三重茅。"又如〔宋〕晁补之《浣溪沙》："江上秋高风怒号，江声不断雁嗷嗷。"

② 客子：原指远离家乡戍守边关的士卒，这里指代胡适本人。

③ 中怀乱：化用自典故"坐怀不乱"，语出《荀子·大略》。这个典故本义指女子坐在怀里也不淫乱，形容男子在两性道德方面情操高尚、作风正派。这里是指胡适难以按捺心中的思乡之情，而坐立不安。

④ 太息：即叹息，语出屈原《离骚》："长太息以掩涕兮，哀民生之多艰。"陆游《太息》："闲将白发照清沟，太息年光逝不留。"

⑤ 里闬：里巷之门，指代乡里。

⑥ 炊爨：即烧火做饭。

⑦ 日已旰：旰，晚；日已旰，指天色已晚。《新唐书·李吉甫传》："左拾遗杨归厚尝请对，日已旰，帝令它日见，固请不肯退。"

⑧ 讥斥鷃：出自成语"斥鷃笑鹏"（《庄子·逍遥游》）。"鷃"即"鷃雀"。"斥鷃笑鹏"这个成语讲的是沉溺于自身狭小天地的鷃雀，却反过来嘲笑大鹏乘风直上九万里的能力。后来这个成语被用来比喻一个人目光短浅。

〔评点〕

　　这是一首带有浓厚现实主义色彩的记梦诗。借由近乎真实的梦境呈现，漂泊在外的少年胡适抒发了他浓浓的思乡之情。全诗结构奇特：它在飘逸的梦境与逼真的现实之间自由转换。具体而言，联绵词"悠悠"巧妙地让诗歌由现实滑入梦境，并让梦境叙事在氤氲袅袅的氛围里展开；而反问句"岂复疑梦幻？"的强烈质疑"现实"，又将诗歌由梦境拽回现实，从而巧妙地避免了整首诗陷入"庄生晓梦迷蝴蝶"的无限循环迷思。就诗歌风格而言，抛开看似浪漫主义诗风的外衣包裹，整首诗的真正精神指向是现实主义的。

追哭先外祖

凄其风雨近黄昏,旧地重来欲断魂。
十年往事①何堪问,母子今皆失怙②人。

〔题解〕

　　这首诗写于1908年9月,原载1908年9月16日《竞业旬报》第27期,署名冬心。作者"先外祖"名冯振爽,小名金灶,青年时参加过太平军,跟随军营里的裁缝学得了好手艺,因此在农闲时便帮人做衣裳什物,为人勤俭正直,因此人称金灶官,卒于1905年。

〔注释〕

　　①十年往事:指1895年胡适丧父,1905年胡适的母亲冯顺弟丧父。
　　②失怙:父亲死亡的婉称,语出《诗经·小雅·蓼莪》:"无父何怙?无母何恃?"

〔评点〕

　　这是一首悼诗,胡适饱含热泪地表达了他失去至亲的悲痛之情。此诗颇具集句倾向,诗中四句均由对前人古诗词的稍作变化而构成。第一句中的"近黄昏"借自"夕阳无限好,只是近黄昏"（李商隐《登乐游原》）；第二句中的"欲断魂"借自"清明时节雨纷纷，路上行人欲断魂"（杜牧《清明》）；第三句中的"十年往事"化用"十年生死两茫茫，不思量，自难忘"（苏轼《江城子·乙卯正月二十日夜记梦》）；第四句中的"皆失怙人"借自"两小皆失怙，哀乐颇相当"（黄景仁《和容甫》）。由此造就了外来诗词里独立的意象和意境与该诗自成一体的语境彼此交融、互相观照的诗歌文本特征。原本封闭的诗歌文本被打开，而开放后的诗歌文本则融合人类共通的悲恸情绪于诗歌空间，最终强化了失去至亲的惨痛经历的表达力度和深度。

读《十字军英雄记》

岂有鸩人羊叔子？①焉知微服武灵王②！
炎风大漠荒凉甚，谁更持矛望夕阳？

〔题解〕

在1916年9月16日，胡适在其留学日记中这样评价这首诗，"此诗注意在用两个古典包括全书。吾近主张不用典，而不能换此两典也。改诗如下：'岂有鸩人羊叔子？焉知微服赵主父？十字军真儿戏耳，独此两人可千古。'此诗子耳为韵，父古为韵。第一首可入《尝试集》，第二首但可入《去国集》"。由此可见，写作这首诗时的胡适，尚且遵循以用典等为代表的传统诗法入诗的观念。《十字军英雄记》即英国著名小说家沃尔特·司各特创作的玄幻历史名著《护身符》（The Talisman）。1907年，由林纾译为《十字军英雄记》，并在同年3月由商务印书馆出版发行。这部小说以主人公肯尼思爵士多舛的人生轨迹为主线，以十字军东征为背景，细致刻画了战争中骑士的命运以及他们在战争中的复杂心理状态。

〔注释〕

①岂有鸩人羊叔子：鸩人，毒杀人。鸩为传说的毒鸟，以其羽浸酒饮之立死。羊叔子，晋人羊祜，字叔子。这句话形

容人的诚信昭著。语出《晋书·羊祜传》:"羊祜出军行吴境,与陆抗相对,使命交通,抗称祜之德量,虽乐毅、诸葛孔明不能过也。抗尝病,祜馈之药,抗服之无疑。人多谏抗,抗曰:'羊祜岂鸩人者!'"[清]王士禛《襄阳怀古》:"岂有鸩人羊叔子,更无悔过窦连波。"胡适用这个典故,目的在影射或者借喻《十字军英雄记》中理查王接受对方所赠良药的情节。

②微服武灵王:化用自典故"胡服骑射",语出[宋]司马光《资治通鉴·赵武灵王胡服骑射》:"赵武灵王北略中山之地,至房子,遂至代,北至无穷,西至河,登黄华之上。与肥义谋胡服骑射以教百姓,曰:'愚者所笑,贤者察焉。虽驱世以笑我,胡地、中山,吾必有之!'遂胡服。"这个典故的核心含义是武灵王让汉人穿胡人的服装,学习胡人骑马射箭的作战方法。胡适用这个典故,旨在借代《十字军英雄记》这部小说中萨拉丁微服潜入敌营的情节。

〔评点〕

在这首七绝里,胡适不仅言简意赅地复述了小说《十字军英雄记》的主要内容,用他自己的话说就是"以两典包尽全书";同时也抒发了他对物是人非的人类沧桑历史的感叹。全诗在艺术方面颇具特色。其一,诗歌《读〈十字军英雄记〉》与小说《十字军英雄记》这两种文体形成相互观照的关系。其二,胡适用了中国古代的两个典故——三国陆抗受羊祜赠药、战国"胡服骑射"的赵武灵王(禅让后自称"主父"),借喻西方小说中理查王坦然接受对方所赠良药和萨拉丁微服潜入敌营的两个情节。在中国（东方）典故与西方情节的相似性对比或对照中，植根于人类意识深处的共通性审美经验被唤起，隐藏其中的意义获得了无限性的延伸与扩展。其三，诗歌前两句的艺术构成方式，运用了类似庞德"意象叠加"的艺术手法，即将"在场"的典故叠加到不"在场"的小说情节上，由此造就典故与情节以隐显交错的平行方式并列在一起，并最终形成意义的"和弦"效果。在用典、借喻情节、"意象叠加"的三重力作用下，胡适对于物是人非的感叹，就摆脱了民族国家的狭小视野，而是有了一种共殇全人类精神苦痛的大悲悯情怀。

秋　柳

但见萧飔①万木摧，尚余垂柳拂人来。
西风②莫笑长条弱，也向西风舞一回。

〔题解〕

　　这首诗写于1908年，原载于1908年11月14日《竞业旬报》第33期。诗前有序："秋日适野，见万木皆有衰意，而柳以弱质，际兹高秋，独能迎风而舞，意态自如。岂老氏所谓能以弱存者耶。感而赋之。"在1916年7月，胡适稍作修改，将"万木"改作"万叶"，并添加附注，后载于1917年3月《留美学生季报》春季第一号。其添加附注内容为："年来颇历世故，亦稍稍读书，益知老氏柔弱胜刚强之说，证以天行人事，实具妙理。近人争言'优胜劣败，适者生存'。彼所谓适，所谓优，未必即在强暴武力。盖物类处境不齐，但有适不适，不在强不强也。两年以来，兵祸之烈，亘古未有。试问以如许武力，其所成就，究竟何在？又如比利时以弹丸之地，拒无敌之德意志，岂徒无济于事，又大苦彼无罪之民。虽螳臂当车，浅人或慕其能怒，而弱卵击石，仁者必谓为至愚矣。此岂独大违老子齿亡舌存之喻，抑亦孔子所谓'小不忍则乱大谋'者欤。两年以来余往往以是之故，念及此诗，有时亦为人诵之。以为庚戌以前所作诗词，一一都宜删弃，独此二十八字，或不无可存之价值。遂为改易数字，附写于此,虽谓为去国后所作,可也。"

〔注释〕

①萧飕:象声词,指风吹树木的声音。[宋]文天祥《先两国初忌》:"北风吹黄花,落木寒萧飕。"又如[宋]沈瀛《满庭芳》:"荷盖亭亭照水,红蓼岸、芦荻萧飕。"

②西风:本义指秋风,后用以比喻没落腐朽的势力。李白《长干行》:"八月西风起,想君发扬子。"

〔评点〕

这是一首哲理诗,借由描摹在万物萧条之时,秋柳仍能以其柔弱之躯示人的景象,胡适首次明确阐发了他对老子"坚强者死之徒,柔弱者生之徒"的"柔道"处事方式的推崇。或许正是少年时代对道家学说的极力推崇,致使成年之后的胡适以老子"不争"思想作为终其一生的处事方法与原则。整首诗自然工致、不事雕镂,远景("万木摧")与近景("垂柳拂人")巧妙搭配,静与动的有意结合,使得整首诗生动形象而又富于变化。而拟人化手法的使用,亦使得诗境在说理之外,妙趣横生。

赠别怡荪归娶

客中还送客,风雪满天涯。
寂寂①乡关望,迢迢②云树遮。
归来君授室③,漂泊我无家。
自顾无长策④,青门学种瓜⑤。

〔题解〕

这首诗写于1909年1月,原载1909年1月12日《竞业旬报》第39期,署名藏晖。"怡荪"即许怡荪,原名许棣常,号绍南,少年胡适之挚友。他和胡适通了近十年的信,从来没写过一个潦草的字,并在每封信里都规劝、勉励胡适。他更是在紧要关头帮助胡适解决了三重隐忧:其一替胡适筹措养母之费;其二帮胡适偿还债务;其三解决胡适两个月的生活费和北上的旅费。而自此无后顾之忧的胡适也发奋准备庚款官费留美考试,并最终走上留美求学的道路。

〔注释〕

① 寂寂:见〔汉〕秦嘉《赠妇诗》:"寂寂独居,寥寥空室。"形容孤单、冷落的样子。马致远《汉宫秋》:"良宵寂寂谁来伴?唯有琵琶引兴长。"
② 迢迢:指遥远。《古诗十九首》(其十):"迢迢牵牛

星，皎皎河汉女。"

③授室：见《礼记·郊特牲》："舅姑降自西阶，妇降自阼阶，授之室也。"本义指将家事交给新妇，后用来指娶妻。[宋]朱熹《答吕伯恭书》："此儿长大，鄙意欲早为授室。"

④长策：效用长久的计策。《史记·平津侯主父列传》："靡敝中国，快心匈奴，非长策也。"

⑤青门学种瓜：化用自典故"青门种瓜"。本义指秦东陵侯邵平，于秦灭亡后，种瓜于长安青门外。后因用作咏隐居的典故。杜甫《曲江陪郑八丈南史饮》："丈人文力犹强健，岂傍青门学种瓜。"

〔评点〕

  这首诗不仅写胡适有感于同乡许怡荪回家娶亲而引发的思乡之情，同时也抒写了胡适对自身婚事的忧思与怨愤。这反映出处于时代变革时期的胡适，在对待传统婚姻习俗上的矛盾性，即一方面他不满于封建家长制的婚约，但另一方面却又没有彻底挣脱封建婚姻的勇气。这首赠别诗一改往昔同类诗词的惯用技法，而是将视角由"离别之景"侧重为"归来之情"。这样就着重呈现了受困于封建婚姻枷锁的胡适，在友人风光娶妻归来之后，精神处境的愈加尴尬。借由叙事视角的转换，胡适为我们呈现了现代个体的生存困境及相关的焦虑性感受，建构了一个别样而超前的诗歌叙事空间。

赠意君

我爱程意君,天性独醇①至。
结发②事远游,千里乡心泪。
我方苦穷途,推解③辱高谊④。
清谈清夜徂⑤,抑郁同一醉。
遇合曾几时,黯黯⑥去两地。
渺渺吴淞江⑦,浩荡波无际。
何时此间行,携手挹⑧环翠。

〔题解〕

这首诗写于1909年1月,原载1909年1月12日《竞业旬报》第39期,署名藏晖。"意君",即程干诚,绩溪巨商程序东长子,是胡适在中国公学的同学。据胡适《藏晖室札记》1910年2月5日所载送别程干诚之语:"意君今夜回通州,余送之登舟。适行李未来,乃至长发栈小坐,晤松堂翁。十时登舟,十时半与意君为别而归。"再看胡适在1910年3月14日记载:"意君下午以事上海,至六时将去矣,其仆忽来,盖松堂、石堂诸君皆已抵沪,拟与橘丈结伴同归,遂与意君访之于上海旅馆,同出饮于'雅叙园'。"由此推知,胡适与程干诚之私交甚笃。文中"橘丈"即橘仙,名胡集轩,绩溪城内名儒。

〔注释〕

①醇：本义指酒味醇厚，这里指友人程乐君为人淳朴、质朴。

②结发：字面上的意思就是束发，把头发扎起来，古人男二十岁束发而冠，女子十五岁束发而笄，表示成年。后来被引申为"结发夫妻"即原配夫妇之意。这里胡适用"结发"一词来表明自己与程乐君从小便结下坚不可摧的友谊。杜甫《新婚别》："结发为君妻，席不暖君床。"

③推解：即"推食解衣"，见《史记·淮阴侯列传》："（汉王）解衣衣我，推食食我。"比喻恩惠之深。[清]蒲松龄《聊斋志异·丁前溪》："仆来时，米不满升。今过蒙推解，固乐，妻子如何矣。"

④高谊：化用自"云天高谊"。用来指两人情谊高厚，直达云天。[宋]惠洪《祭妙高仁禅师文》："高谊照人。笑语抵掌。潇湘平远，烟雨孤芳。"

⑤清夜徂：清夜，清静之夜；徂，往、过去。清夜徂指时光消逝。[宋]秦观《阮郎归》："湘天风雨破寒初，深沉庭院虚。丽谯吹罢《小单于》，迢迢清夜徂。"

⑥黯黯：本义为昏暗。这里指胡适因与友人分隔两地而心情沉重。陆游《蝶恋花·桐叶晨飘蛩夜语》："旅思秋光，黯黯长安路。忽记横戈盘马处，散关清渭应如故。"

⑦吴淞江：水名。古称松江或吴江，发源于苏州市吴江区松陵镇，由西向东，穿过江南运河，在今上海市黄浦公园以东汇入黄浦江。

⑧挹：本义为把液体盛出来，这里指胡适与友人携手共欣赏春天的美景。

〔评点〕

在这首五古中,通过深情回忆与程干诚"海内存知己,天涯若比邻"之谊,胡适诚挚表达了他对程干诚即将离去的不舍之情。全诗起句"我爱程意君"先声夺人,不同凡响,可谓"发句好"(严羽《沧浪诗话》),引领全篇。也全因胡适以这一高调的呼喊方式直抒胸臆,从而使整首诗得以在浓墨重彩的感情氛围里展开,不忍离别之情也顺势展开。另外,胡适将离别之情具象化于"月下携手共饮酒"等场景中的手法,避免了"以空对空"之虚无缥缈感,弥补了奔涌情感抒放之下"言之无物"的不足。

十月题中国新公学教员合影

也知胡越同舟①谊，无奈惊涛动地来。
江上飞鸟犹绕树②，尊前残蜡已成灰③。
昙花幻相④空余恨，鸿爪遗痕⑤亦可哀。
莫笑劳劳⑥作仓狗⑦，且论臭味到岑苔⑧。

〔题解〕

　　这首诗写于1909年11月，原载1929年6月15日《吴淞月刊》第2期《中国公学时代的旧诗》。中国新公学，为相对于中国公学之称谓，是以胡适、朱经等原中国公学的学生及教师在短时间内筹备建立的，以对抗中国公学已沦为政府控制学生之喉舌，并坚持以中国公学原有自主办学之思想为宗旨的学校。胡适在《四十自述》中这样描述中国新公学："中国新公学在最困苦的情形之下支持了一年多，这段历史是很悲壮的。那时候的学堂多不讲究图书、仪器等设备，只求做到教员好、功课紧、管理严，就算好学堂了。新公学的同学因为要争一口气，所以成绩很好，管理也不算坏，但经费实在太穷。教员只能拿一部分的薪俸，干事处常常受收房捐和收巡捕捐的人的恶气，往往因为学校不能付房捐与巡捕捐，同学们大家凑出钱来，借给干事处。有一次干事朱经农君（即朱经）感觉学校经费困难已到了绝地，他忧愁过度，神经错乱，出门乱走，走到了徐家汇的一条小河边，跳下河去，幸遇人救起，不曾丧命。"

〔注释〕

①胡越同舟：化用自典故"吴越同舟"，语出《孙子兵法·九地》，指关系疏远者，同处危难则相互救助。苏轼《大臣论下》："故曰同舟而遇风，则胡越可使相救如左右手。"

②飞鸟犹绕树：化用自曹操《短歌行》："月明星稀，乌鹊南飞，绕树三匝，何枝可依？"本义指乌鹊围绕着大树飞来飞去，却难以选择可以歇脚的枝干。这里指学生仍然眷恋实行"民主自治"时期的中国旧公学。

③残蜡已成灰：化用自李商隐《无题》："春蚕到死丝方尽，蜡炬成灰泪始干"。这句诗本义是用来形容男女两情至死不渝，但胡适在这里是为了表达沧海已变桑田，"逝者不可追"的幻灭感。

④昙花幻相：化用自典故"昙花一现"，语出《法华经·方便品》："佛告舍利佛，如是妙法，诸佛如来时乃说之，如优昙钵花时一现耳。"指一出现很快就消失的现象。这里指中国公学寿命之短暂。

⑤鸿爪遗痕：化用自典故"雪泥鸿爪"，见苏轼《和子由渑池怀旧》："人生到处知何似，应似飞鸿踏雪泥。泥上偶然留指爪，鸿飞那复计东西。"原指鸿雁从融化雪水的泥上走过，留下了爪印，后用来比喻往事留下的痕迹。

⑥劳劳：辛劳、忙碌的样子。［唐］元稹《送东川马逢侍御使回十韵》："流年等头过，人世各劳劳。"

⑦刍狗：见《庄子·天运》："夫刍狗之未陈也，盛以箧衍，

巾以文绣，尸祝斋戒以将之，及其已陈也，行者践其首脊，苏者取而爨之而已。"本义指古代祭祀时用草扎成的狗，后用来比喻微贱无用的事物或言论。

⑧岑苔：即"苔岑"，见［晋］郭璞《赠温峤》："人亦有言，松竹有林。及余臭味，异苔同岑。"指志同道合的朋友。

〔评点〕

在这首七律中，胡适借由高度典型的四个画面——"办学之艰""心力之悴""鸿爪之微""友谊永存"，表达了中国新公学全体教员"为一个理想而奋斗，为一个团体而牺牲，为共同生命而合作"的大无畏精神。全诗巧妙地借由实体性景物——"惊涛""飞鸟绕树""残蜡成灰""昙花""鸿爪""刍狗"来表达虚情，这种虚实相生的艺术手法使得整首诗在情感表达上更为饱满与充实。另外，"吴越同舟""昙花一现""雪泥鸿爪"等诸多典故的使用，非但没有给人以艰涩之感，相反，这些典故凭借蕴含其中的博大文化底蕴加强了整首诗的审美力量。

十月再题中国新公学合影时公学将解散

一

无奈秋风起，艰难又一年。
颠危①俱有责，成败岂由天？
暗暗愁兹别，悠悠祝汝贤。
不堪回首处，沧海已桑田②。

二

此地一为别，依依无限情。
凄凉看日落，萧瑟听风鸣③。
应有天涯感，无忘城下盟！④
相携入图画，万虑苦相萦。

〔题解〕

　　这两首诗写于1909年11月，原载1929年6月15日《吴淞月刊》第2期《中国公学时代的旧诗》。胡适曾在《四十自述》中，详尽描述了自己如何成为中国新公学的英文教员的过程："在这风潮之中，最初的一年因为我是新学生，又因为我告了长时期的病假，所以没有参与同学和干事的争执；到了风潮正激烈的时期，我被举为大会书记，许多记录和宣言都是我做的；虽然不在被开除之列,也在退学之中。……我这时候还不满十七岁,虽然换了三个学堂,始终没有得着一张毕业证书。我若继续上课,明年可以毕业了,但我那时确有不能继续求学的情形。……正在这个时候,李琴鹤君来劝我在新公学做教员。我想了一会,就答应了。从此以后,我每天教六点钟的英文,还要改作文卷子。十七八岁的少年人,精力正强,所以还能够勉强支持下去,直教到第二年(1909年)冬天中国新公学解散时为止。……以学问论,我那时怎配教英文?但我是个肯负责任的人,肯下苦功去预备功课,所以这一年之中还不曾有受窘的时候。"面对自己付出诸多心力的中国新公学即将解散,胡适彼时内心的复杂心情必如打翻了调味瓶般五味杂陈。

〔注释〕

① 颠危:指覆灭。《三国志·魏志·夏侯玄传》:"(李丰等)将以倾覆宗室,颠危社稷。"

② 沧海已桑田:化用自典故"沧海桑田",语出[东晋]葛洪《神仙传·王远》:"麻姑自说云,接待来,已见东海三为桑田。"本义是指海洋会变为陆地,而陆地也会变成海洋的自然现象。后用以比喻人世间的事物变化极大。

③ 萧瑟听风鸣:化用自曹操《观沧海》:"秋风萧瑟,洪波涌起。"

④ 这句话指中国新公学艰苦悲壮地支撑了一年多时间,终因经费拮据到十分严重的程度,难以为继,在1909年10月,接受了中国公学的"城下之盟"——解散中国新公学,并归入旧公学。

〔评点〕

在这两首五律中,通过记叙中国新公学全体教员的最后一次合影,胡适情真意切地表达了自己对新公学即将解散的伤感和对友人亦要各散南北的离愁别绪。而胡适对于自身"天涯沦落人"的边缘化身份的界定和强调,则体现出他在"理想主义"的办学理念幻灭之后思想的矛盾性:一方面"他者"身份的选择,体现了他的自我放逐与心灵流亡,但是另一方面"无忘城下盟"的誓师性话语却也表现出胡适恪守办学信仰,绝不妥协的坚毅精神追求。全诗以比兴手法起,从而使得感叹友人分离、世事沧桑之意在萧瑟秋风下显得自然而情深。

酒　醒

酒能销万虑，已分①醉如泥。
烛泪流干后，更声断续时。
醒来还苦忆，起坐②一沉思。
窗外东风峭③，星光淡欲垂。

〔题解〕

　　这首诗写于1909年，原载于1929年6月15日《吴淞月刊》第2期《中国公学时代的旧诗》。胡适在回顾这段浪荡岁月时，曾语："我在新公学解散后，得了二三百元的欠薪，前途茫茫，毫无把握，哪敢回家去？只好寄居在上海，想寻一件可以吃饭养家的事。在那个忧愁烦闷的时候，又遇着一班浪漫的朋友，我就跟着他们堕落了。""从打牌到喝酒，从喝酒又到叫局，从叫局到吃花酒，不到两个月的时间，我都学会了。"（胡适《四十自述》）

〔注释〕

　　①已分：已指上午九点到十一点。这里并非确切指这一清晰时间段，而是虚指胡适在一天中较早的时候就已烂醉如泥了。

②起坐：指起身、坐起。[三国·魏]阮籍《咏怀》："夜中不能寐，起坐弹鸣琴。"

③东风峭：峭，形容严峻；东风峭指东风凛冽。[清]张九钺《沁园春·渡淀山湖望秦女祠作》："东风峭，借轻蒲几叶，冲破留犁。"

〔评点〕

　　这首诗写胡适借酒消愁，却在酒醒后愁上加愁的苦闷精神状态。结合少年时代胡适的嗜酒成性（诚如胡适自述："自视六尺躯，不值一杯酒。倘非朋友力，吾醉死已久。"），恐怕这首诗亦是其无数次醉酒后信手拈来之笔，无更深层次的隐喻性内涵。但是，全诗在艺术方面却有着可圈可点之处。首先，整首诗的画面感极强。诸如"烛泪流干""更声断续""沉思""苦忆""东风峭""星光淡欲垂"这些场景，都勾勒出一幅胡适酒醒后慵懒与寂寞的画面。其次，整首诗呈现出了极强的立体化美学特征。如"烛泪流干"与"星光淡"的视觉感受，"更声断续时"的听觉感受，加之"东风峭""醒来还苦忆"的通感，这些都给人以形、色、声、味的立体化感受。再次，通过动态画面（如"烛泪流干"）与静态画面（如"更声断续"）的有机结合，全诗呈现出一种有节奏的跳跃感，给人以音乐般的美感享受。

菊部四律(其一)

年少且行乐，三春①好听歌。
纷纷千古事，历历眼中过。
缓步摇钗凤，轻颦②敛翠螺③。
名花真解语④，欲觅已无多。

〔题解〕

　　这首诗写于1909年，原载1929年6月15日《吴淞月刊》第2期《中国公学时代的旧诗》。中国新公学解散后，胡适乃闲居上海，那时与其同住的还有林君墨、但懋辛，以及唐才常的儿子唐桂梁。彼时恰逢各地革命起义失败，加之胡适自身家庭衰败、个人失学，由此导致这一群人整天花天酒地、行为放荡。胡适在《四十自述》中曾作过详细追述。菊部，又作"鞠部"，旧时戏班或戏曲界之称。

〔注释〕

　　①三春：指春天的三个月，农历正月称孟春，二月称仲春，三月称季春。〔东汉〕班固《终南山赋》："三春之季，孟夏之初，天气肃清，周览八隅。"
　　②轻颦：典出《庄子·天运》："西施病心而矉其里。"矉即颦，本是指西施因心痛而表现出来的一种皱眉的姿态，后

被用来指代女性的一种美态。〔南唐〕李煜《长相思》:"云一緺,玉一梭,淡淡衫儿薄薄罗,轻颦双黛螺。"

③敛翠螺:翠螺,指妇女的发髻盘作螺壳状;敛,收拢、收束;敛翠螺即指整理头上的发髻。〔宋〕杨无咎《两同心》:"秋水明眸,翠螺堆发。"

④名花真解语:即"名花解语",语出〔五代〕王仁裕《开元天宝遗事·解语花》:"明皇秋八月,太液池有千叶白莲数枝盛开,帝与贵戚宴赏焉。左右皆叹羡。久之,帝指贵妃示于左右曰:'争如我解语花?'"后用"名花解语"来比喻美女可人。〔宋〕黄庭坚《饮润父家》:"一醉解语花,万事画地饼。"

〔评点〕

　　这首诗状胡适到戏园子听戏的所见所感,侧面反映出其时的胡适对戏园和戏子的沉溺与迷恋。当然,任何事物都具有两面性,这也为胡适以后与梅派大师梅兰芳结下诚挚的友谊埋下伏笔,更为其后积极提倡戏剧改革打下了感性的认识基础。这首诗格律严谨,严格按照"五言三拍"的"二/一/二"或"二/二/一"节奏构成,并由此造就了诗歌的每一联内部与每一联之间对仗工整,层次分明,音韵谐和。整首诗语言浅近自然,表意清通。

送二兄入都

落木萧萧下①,天涯送弟兄。
销魂犹伫望,欲哭已吞声。
意气开边塞,艰难去帝京②。
远游从此始,慷慨赴长征。
回首家何在,朱门已式微③。
无心能建树,有室可藏晖④。
黯黯愁霜鬓,朝朝减带围⑤。
凄其当此夜,魂梦逐飘飞。

〔题解〕

这首诗写于1909年,原载1929年6月15日《吴淞月刊》第2期《中国公学时代的旧诗》。是时,胡适二兄胡绍之将赴北京谋出路,在上海中国公学读书的胡适为其送别,遂写下这首送别诗。二兄,即胡适同父异母的二哥胡洪骓(1877—1929),字绍之。其自幼读私塾,1892年跟随父亲胡铁花到台湾谋事。1895年父亲病故,胡绍之随父灵柩回乡安葬。之后,他开始担任胡氏家族在上海、汉口等地的店面管理之重任。他对胡适的帮助和影响都很大,不仅将胡适带往上海读书,并承担了其在上海学习六年的全部费用。

〔注释〕

①落木萧萧下：落木，落叶；萧萧，风吹叶落的声音。化用自杜甫《登高》："无边落木萧萧下，不尽长江滚滚来。"形容秋风萧瑟的景象。

②帝京：古指皇帝所居住的都城，这里指代北京。［清］侯方域《过江秋咏八首》："北固涛声涌帝京，南徐秋色满江城。"

③朱门已式微：朱门，指豪门贵族的宅地；式微，语出《诗经·式微》："式微，式微，胡不归？"指衰败。"朱门已式微"在这里的意思便是指胡氏家族衰败。

④藏晖：出自［汉］河上公《老子章句》："常道，当以无为养神，无事安民，含光藏晖，灭迹匿端，不可称道。"本义为隐藏光辉，这里胡适用以比喻不夸耀自己。

⑤带围：指腰带绕身一周的长度。旧时以带围的宽紧观察身体的瘦损与壮健。这里指胡适担忧二兄赴京之前景。

〔评点〕

这是一首送别诗。胡适一方面表达了对二兄前途之艰阻的心忧，另一方面也感叹家道中落之衰败。更深层次而言，二兄远赴京城所引发的"往事不堪回首，前路却茫茫"的孤独感和失落感，是彼时胡适的真正内心精神写照。整首诗也因胡适对于自身精神生存状态的关注，而散发出了一种生命哲学的色彩。全诗送别之情因"落木萧下"之景而物态化，"伫望"之景也因离别之情而意象化，可谓借景言情，寓情于景，情景交融。

登 楼

繁星烂河汉①,轻纨②独上楼。
新晴③常畏雨,苦热便思秋。
门外康庄道,当年清浅流。
无因一回首,惆怅几时休。

〔题解〕

　　这首诗写于1909年,原载1929年6月15日《吴淞月刊》第2期《中国公学时代的旧诗》。是年,"大哥和二哥回家,主张分析家产;我写信回家,说我现在已能自立了,不要家中的产业。其实家中本没有什么产业可分,分开时,兄弟们每人不过得着几亩田,半所屋而已"(胡适《四十自述》)。就这样,胡适与其兄们分家。也是在这一年,中国新公学接受调停,决定解散,胡适随之而失业。面对这诸多令人烦闷之事,胡适发出了"惆怅几时休"的感慨。

〔注释〕

①河汉:指银河,俗称天河。《古诗十九首·迢迢牵牛星》:"河汉清且浅,相去复几许。"
②轻纨:素色的丝织品,常用来代称衣服。杜甫《韦讽录事宅观曹将军画马图歌》:"盘赐将军拜舞归,轻纨细绮相

追飞。"

③新晴：雨后初晴的景色。[晋]潘岳《闲居赋》："微雨新晴，六合清朗。"

〔评点〕

　　这首诗写胡适因心情愁闷而登楼，却在一番感慨之后愁更愁的精神状态。全诗节奏布局在显隐、轻重、抑扬、急缓之间交替显现。具体而言，诗歌外在字眼的显性轻重节奏，一方面配合显现着作者内在情绪节奏的抑扬，同时也与其一同交织构成着诗歌整体节奏的"急"与"缓"。如第一句的"烂"字，去声的声调使其表达作者的烦闷情绪短促而强烈，这与后一句中"轻"字所表现得从容不迫、平和委婉的舒缓心态迥然不同。在诗歌外在字眼节奏的一重一轻之间，胡适由急躁焦虑到平缓的内在抑扬情绪起伏得到精确展现。与之有着异曲同工之妙的还有下文的"畏"与"思"，"康庄"与"清浅"。最终，在肆意流动的外在诗歌字眼与内在情绪节奏起伏的交替显现之间，全诗愁闷的情绪得到有节奏的美感呈现与强化。

闰月六日中国新公学全体合影

百六健男子①,相携入画图。
回环②多旧雨,蕉萃③到今吾④。
榛莽⑤凭谁辟?颠危⑥好共扶。
艰难惭此意,落日下平芜⑦。

〔题解〕

这首诗写于1909年,原载1929年6月15日《吴淞月刊》第2期《中国公学时代的旧诗》。中国新公学诞生于中国公学争取共和斗争学潮之时。1908年9月,因为学潮,胡适随一些激进同学离开中国旧公学(共一百六十余人)。凭借退出老公学的学生自动捐款,以及社会资助和支持,中国新公学得以租赁爱尔近路庆祥里作为校舍,继续办学。而面对新公学师资严重不足的情况,胡适也自告奋勇地兼任了新公学低级班的英语教师,并兼批改学生作文(杨杏佛、严庄、张奚若便是这时期他的学生)。这首诗正是描述了中国新公学创办之初的意气风发与沧桑感慨。

〔注释〕

①百六健男子:指由中国公学退学而自主创办中国新公学的一百六十多名师生,其中以朱经农、李琴鹤、罗君毅等为代表。

②回环：原指道路曲折盘旋，这里用来指回顾以往岁月。王维《自大散以往，深林密竹，磴道盘曲四五十里至黄牛岭，见黄花川》："回环见徒侣，隐映隔林丘。"

③蕉萃：即"憔悴"，指形貌枯槁的样子。[清]史夔《陶靖节故里》："门柳故萧疏，篱菊亦蕉萃。"

④今吾：语出《论语·公冶长》："今吾于人也，听其言而观其行。"指现在。《孔子家语》："今吾在难，此正子之抱怨之时，而逃我者三，何故哉？"

⑤榛莽：即杂乱丛生的草木，后常用以比喻前进路上的艰难险阻和恶劣环境。李白《古风（十四）》："白骨横千霜，嵯峨蔽榛莽。"

⑥颠危：指陷于颠困艰危境遇的人。《三国志·魏志》："将以倾覆宗室，颠危社稷。"

⑦平芜：指草木丛生的平旷原野。欧阳修《踏莎行（候馆梅残）》："平芜尽处是春山，行人更在春山外。"

〔评点〕

在这首五律中，借由描写中国新公学全体教员意气风发合影的景象，胡适一方面抒发了对中国新公学成立之初艰难困苦的感叹，另一方面也表达了其对新公学之后漫漫荆棘路愈加艰辛的忧虑。整首诗在艺术方面匠心独运、颇具特色：首先，以"合影"入诗，拓宽了诗歌的表现领域，丰富了诗歌题材；其次，以相机视角作为诗歌空间的调节器，实现了扩展诗歌空间的目的，具体而言，借由相机视角，胡适不仅呈现了百余男子入图的物理空间画面感，同时也揭示了他们汹涌澎湃的内心心理空间。由此，诗歌空间由物理空间拓展到更深层次的心理空间。而相对于相机视角"窥视"自己，百余男子同时也审视着相机与其背后的广阔落日。这时的诗歌空间又由心理空间回到了自然物理空间。以相机视角为基点，诗歌空间呈现出心理空间与物理空间相互渗透的深度。这是诗歌空间结构的第一层。而建筑在此基础上的第二层空间线索，则是纵向时间与上述横向空间相交错的广度。最终，整首诗的结构达到了深度与广度、共时性（合影定格）与历时性（回首历史）的完美统一。

已见一律

已见桑田变沧海①,又看清浅到蓬莱②。
识途老马③知何益,衔石精禽④意已灰。
绮席⑤月明花解语⑥,寒宵⑦酒暖客传杯⑧。
人生少小且行乐,何用忧思鬓发摧。

〔题解〕

这首诗写于1909年,原载1929年6月15日《吴淞月刊》第2期《中国公学时代的旧诗》。其时,胡适正跟着一班失意朋友花天酒地、蹉跎岁月。正如其在《藏晖室日记·己酉第五册》的卷首语所说:"余自十月一日中国新公学沦亡以来,心绪灰冷,百无聊赖,凡诸前此所鄙夷不屑为之事,皆一一为之,而吾日日之记载,乃至辍笔至七八十日之久。"

〔注释〕

①桑田变沧海:化用自典故"沧海桑田",语出[东晋]葛洪《神仙传·王远》。本义是指海洋会变为陆地,而陆地也会变成海洋的自然现象。后用以比喻人世间的事物变化极大。
②清浅到蓬莱:语出李白《古风·庄周梦蝴蝶》:"乃知蓬莱水,复作清浅流。"亦用来比喻世间事物变化之大。
③识途老马:即"老马识途",出自《韩非子·说林上》:

"管仲、隰朋从于桓公而伐孤竹,春往冬返,迷惑失道,管仲曰:'老马之智可用也。'乃放老马而随之,遂得道。"本义指老马认识走过的路,后用以比喻阅历多、经验丰富的人能看清事情的方向。[清]黄景仁《两当轩集·立秋后二日》:"老马识途添病骨,穷猿投树择深枝。"

④衔石精禽:化用自典故"精卫填海",语出《山海经·北山经》:"又北二百里,曰发鸠之山,其上多柘木。有鸟焉,其状如乌。文首,白喙,赤足,名曰'精卫'。其鸣自詨。是炎帝之少女,名曰'女娃'。女娃游于东海,溺而不返,故为精卫。常衔西山之木石,以堙于东海。"后用以比喻有雄心猛志的人或事。陶渊明《读山海经》:"精卫衔微木,将以填沧海。"

⑤绮席:指盛美的筵席。

⑥花解语:即"名花解语",见[五代]王仁裕《开元天宝遗事·解语花》:"明皇秋八月,太液池有千叶白莲数枝盛开,帝与贵戚宴赏焉。左右皆叹羡。久之,帝指贵妃示于左右曰:'争如我解语花?'"后用"名花解语"来比喻美女可人。

⑦寒宵:即寒夜。杜甫《阁夜》:"岁暮阴阳催短景,天涯霜雪霁寒宵。"

⑧客传杯:后用以指酬饮。[清]刘葵《舟居》:"舟中长物无非酒,对客传杯手不停。"

〔评点〕

  在这首七律里，胡适抒发了他看透世事的牢骚与激愤。整首诗已初显胡适举重若轻、炉火纯青的诗歌创作功力。首先，全诗严格按照七律的节奏铺排，即前四字（头节、颈节）总是两个字为一拍，稳定不变；末三字（腹节和脚节）则有分有合，由此形成每一联诗歌节奏的内在自足性。其次，全诗四联中有三联对仗工整，格律谨严。第三，全诗八句，句句抒情，感情突发，奔泻而出，而其情感正蕴于繁密的典故和意象之中。梁启超称这种抒情方式为"奔迸的表情法"！

题郑铁如小影即以赠别

旧雨半零落,犹余郑子真①。
灌夫宜忤俗②,鲍叔③自怜贫。
往事都陈迹,新图妙入神。
无因一惆怅,送汝大江滨。

〔题解〕

胡适在1910年5月3日日记中所载:"今日已难度矣,房金、饭金俱来索取。计房金积欠三月,计十五元;又饭金积欠二月余,计四十八元。今日心绪颇恶劣,下午竟不能读书,与意君、铁如象棋数局。作一小札致怒刚,致二哥,皆告急之文也。夜中尤无聊赖。与诸君夜坐,铁如出小影嘱题。铁如为六年前梅溪同学,今年与余同居,极蒙推解之谊。因占一律,即以赠别。"郑铁如(1887—1973),字寿仁,广东潮州府潮阳县人,上海巨商潮州人郑星房之孙,曾任北京大学教授、香港中国银行行长。与胡适是莫逆之交。文中"怒刚"指但懋辛,四川荣县人,民国陆军上将,曾参加过黄花岗起义。

〔注释〕

①郑子真:西汉末年左冯翊谷口(今陕西礼泉东北)人。耕读不仕,修道静默,世服其清高。扬雄盛称其德曰:"谷

口郑子真耕于岩石之下，名震京师，冯翊人刻石祀之，至今不绝。"此处此人比郑铁如。

②灌夫宜忤俗：化用典故"灌夫骂座"，语出《史记·魏其武侯列传》。灌夫，西汉著名将领，因蔑视权贵，不阿谀奉承，终致杀身之祸。后人用这一典故来形容为人的刚直敢言。

③鲍叔：即鲍叔牙，颖上（今属安徽）人，春秋时期齐国大夫。年少时因家贫，曾与管仲一同做生意，并结为莫逆之交。管仲评价鲍叔牙曰："生我者父母，知我者鲍子也。"后常以鲍叔代称知己好友。［唐］元稹《寄乐天》："惟应鲍叔犹怜我，自保曾参不杀人。"

〔评点〕

在这首五律中，借为友人郑铁如的小影题诗赠别，胡适表达了他彼时当下的淡淡惆怅与忧伤。首联借景抒情，营造了冷寂、凄清的整体性氛围。颔联用熟典，明白晓畅。颈联使用"本句先自对，隔句再互对"的方法（"往事"对"陈迹"、"新图"对"入神"是本句自对，"往事陈迹"对"新图入神"是隔句互对），益见工稳。另外，整首诗在写法上呈现出一种意识流的状态，即不按逻辑法则的规定，不受时空观念的牵制，而是遵照"心理时间"进行"放射性"的联想或回忆。如首联的现在时呈现状态与颔联的过去时状态之间并无直接的逻辑关联。如果说颔联与颈联之间尚存在着依稀模糊的时间性衔接，那么颈联与尾联之间又呈现出一种思维的跳跃性。这无疑打开了诗歌的意蕴空间。

沁园春·题绩溪旅沪学生八人合影

　　画里园林，眼中人物，何似故乡。但相逢异地，相看一笑，无端回首，清泪淋浪①。做病轻寒，酿愁梅雨，岑寂②天涯日又长。还携手，倩③写生青镜④，图我昂藏⑤。

　　凄凉对此苍茫，都念我尘寰⑥作醒狂。是人间天上，寄愁长统⑦，回肠荡魄，赋恨江郎⑧。不朽令名，千秋事业，努力群贤惠梓桑⑨。吾衰矣，只旗亭觅句⑩，绮席⑪飞觞⑫。

〔题解〕

　　这首词写于1910年5月6日，后收入1994年12月黄山书社出版的《胡适遗稿及秘藏书信》第11册。彼时胡适已至北京，为一个月之后的留美考试做准备。胡适在《四十自述》中这样描述这段备考岁月："到了北京，蒙二哥的好朋友杨景苏先生（志洵）的厚待，介绍我住在新建筑中的女子师范学校（后来的女师大）校舍里，所以费用极省。在北京的一个月，我不曾看过一次戏。杨先生指点我读旧书，要我从《十三经注疏》用功起。我读汉儒的经学，是从这个时候开始的。"

〔注释〕

　　①淋浪：流滴不止的样子。[宋]司马光《和冲卿崇文宿直睹壁上题名见寄并寄邵不疑》："况当三伏深，沾汗尤淋

浪。"

②岑寂：寂寞，孤独冷清。杜甫《树间》："岑寂双甘树，婆娑一院香。"

③倩：央求、请人做某事。[南宋]辛弃疾《水龙吟·登建康赏心亭》："倩何人，唤取红巾翠袖，揾英雄泪！"

④青镜：即青铜制的镜子，古代常用的生活用品。[宋]晁补之《摸鱼儿》："君试觑，满青镜，星星鬓影今如许！"

⑤昂藏：形容人仪表气宇轩昂。[宋]王安石《与北山道人》："可惜昂藏一丈夫，生来不读半行书。"

⑥尘寰：指人世间的一切事物。[元]曾瑞《山坡羊·自叹》："隔重关，困尘寰。"

⑦长统：即仲长统，字公理，山阳郡高平人，东汉末年哲学家，曾官任尚书郎。他才华过人，博览群书，长于文辞，时人称之为狂生。

⑧赋恨江郎：化用自典故"江淹才尽"，典出《南史·江淹传》："尝宿于冶亭，梦一丈夫自称郭璞，谓淹曰：'吾有笔在卿处多年矣，可以见还。'淹乃探怀中得五色笔以授之。尔后为诗，绝无美句，时人谓之才尽。"江郎，即江淹，字文通，南朝著名文学家。赋恨，则是指江淹所作的《别赋》《恨赋》。

⑨梓桑：即桑梓，语出《诗经·小雅·小弁》："维桑与梓，必恭敬业。"指故乡。

⑩旗亭觅句：化用自典故"旗亭画壁"，语出[唐]薛用弱《集异记·王涣之》。"王涣之"系"王之涣"之误。旗亭，指酒楼。画壁，在墙上划一下作为记号，比赛谁的诗

被唱得多。这个典故本义指的是唐代王之涣等诗人在酒楼上听歌妓唱各人诗歌的故事。后用以指文人之间饮酒唱和，切磋诗歌。

⑪绮席：盛美的筵席。唐太宗《帝京篇（之八）》："玉酒泛云罍，兰肴陈绮席。"

⑫飞觞：举杯或传杯行酒令。

〔评点〕

这首词借由题照，胡适抒发了希望向"群贤"看齐，一同为国家建功立业的情怀。更深层次而言，照片面前的胡适"观照"照片里的胡适这一"题照"的过程背后，隐喻了胡适的自我认同过程。而"努力群贤惠梓桑"中胡适"吾衰矣"之感叹，则体现了胡适在向绩溪这一地域群体寻求着一种集体文化的认同。在自我认同与集体认同的过程中，胡适的现代主体意识浮出水面，现代主体身份得以确立。《沁园春》这一词牌是前阕四平韵，后阕四平韵，一韵到底。具体到这首词而言，前阕的"乡""浪""长""藏"，与后阕的"狂""郎""桑""觞"，八字同韵，使得整首词充满了音律美。

去国行（其二）

扣舷一凝睇①，一发是中原。
扬冠与汝别，征衫②有泪痕。
高邱岂无女③，狰狞百鬼蹲④。
兰蕙⑤日荒秽⑥，群盗满国门。
搴裳⑦渡重海，何地招汝魂！
挥泪重致词，"祝汝长寿年！"

〔题解〕

　　这首诗写于1910年8月，原载1913年1月出版的《留美学生年报》（第二年本）。后收入1920年3月上海亚东图书馆出版的《尝试集》。成功通过庚款留美考试的胡适，于1910年8月16日，搭乘美国"太平洋航运公司"所属的"中国号"轮船，前往美国。其时，相濡以沫的二哥胡绍之、挚友许怡荪、汪孟邹等都前去码头送别。面对浩瀚无垠的太平洋，回首缥缈无迹的故国家园，胡适遂写下这首诗。

〔注释〕

　　①凝睇：即凝视、注视。［宋］柳永《佳人醉（暮景潇潇雨霁）》："素光遥指。因念翠蛾，杳隔音尘何处，相望同千里，尽凝睇。"

②征衫：指远行人所穿的衣服。[唐]杜牧《村行》："半湿解征衫，主人馈鸡黍。"

③高邱岂无女：语出屈原《离骚》："忽反顾以流涕兮，哀高丘之无女"。高邱，即高丘，据闻一多《离骚解诂甲》考证，高丘是楚国标志性的山，故用高丘指代楚国。女，则指"淑女，以比贤士。"（戴东原考）

④狰狞百鬼蹲：化用自康有为《出都留别诸公》："高峰突出诸山妒，上帝无言百鬼狞。"指清王朝统治下死气沉沉的局面。

⑤兰蕙：即兰草和蕙草的合称。语出屈原《离骚》："余既滋兰之九畹兮，又树蕙之百亩。"后多连用以喻贤者。

⑥荒秽：指荒芜杂乱的野草。这里用以比喻贤士被埋没。陶渊明《归园田居》："晨兴理荒秽，带月荷锄归。"

⑦搴裳：即提起衣裳。

〔评点〕

在远赴重洋的离别之际，胡适在这首五古中抒发了他浓烈的爱国情怀与悲壮情思。而这与其时那另外七十多名幸运儿的"欣喜莫名""各个都对着岸上的亲友高呼、摇曳着他们的手帕"的心境是大不相同的。这也更深层次地反映出彼时胡适内心的忧惧，因为面对即将到来的未知环境和去国离乡，他的心境是低沉愁苦的，充满忧患意识。整首诗具有"放情长言""疏而不滞"的雄贯气势，且间杂有诸多有关《离骚》的典故（如"高丘无女""兰蕙荒秽""楚地招魂"），呈现出一种雄浑悲壮的离骚风，颇合其时离别故土的气氛。

海天二律（其一寄吾母）

海天无所恋，耿耿只亲恩。
夜读熊丸苦①，遥思荻字存②。
邴原今断酒③，董子不窥园④。
持此慰堂上⑤，离忧何足论。

〔题解〕

这首诗写于1910年9月，后收入1994年12月黄山书社出版的耿云志主编《胡适遗稿及秘藏书信》第11册。1910年7月，胡适顺利考取清华"庚款"留美官费生，并于8月16日从上海坐船去美国。这首诗作，便写于其赴美途中。

〔注释〕

①夜读熊丸苦：化用自典故"熊丸教子"，语出《新唐书·柳仲郢传》："母韩，即皋女也，善训子，故仲郢幼嗜学，尝和熊胆丸，使夜咀咽以助勤。"后世用此典故来比喻贤母教子。[元]谢应芳《代祭陈母文》："熊丸教子，峙若鼎足。伯为督家，仲则戎服。"

②遥思荻字存：化用自典故"画荻学书"，语出《宋史·欧阳修传》："四岁而孤，母郑，守节自誓，亲诲之学，家贫，至以荻画地学书。"后用以指慈母教育有方。[宋]

刘克庄《挽刘母王宜人》:"分灯照邻女,画荻训贤郎。"

③邴原今断酒:邴原,东汉末年人,是当时著名的学者与名士,与管宁、华歆等称"辽东三杰"。其幼年丧父,生活极度贫困,仍立志学习,最终感动了书塾先生,成就了一则"邴原泣学"的佳话。这里胡适以邴原自比,称自己到国外后会戒酒并刻苦学习。

④董子不窥园:化用自典故"目不窥园",语出[汉]班固《汉书·董仲舒传》:"少治《春秋》,孝景时为博士。下帷讲诵,弟子传以久次相授业,或莫见其面。盖三年不窥园,其精如此。"后用以比喻埋头钻研,不为外事分心。

⑤堂上:即"高堂",本义指父母,这里指胡适的母亲。[唐]陈子昂《宿空舲峡青树村浦》:"委别高堂爱,窥觎明主恩。"

〔评点〕

"游子吟"是古诗中的常见主题,但是胡适的这首诗却一反同类题材的常态,其中没有羁旅在外的游子思念故乡而不得见的沧桑沉痛,而是透露出"书山有路勤为径,学海无涯苦作舟"的强烈治学之心,且大有湮没"离忧"之势。或许这略带"补偿"的心态,都源自于尚且年幼的胡适此时还不甚明了慈母"临行密密缝,意恐迟迟归"的心曲罢了。全诗感情真挚热烈,思母之心化作一番励志之词,深沉而激荡。

翠楼吟

霜染寒林，风摧败叶，天涯第一重九①。登临山径曲，听万壑松涛②惊吼。山前山后，更何处能寻黄花菜酒③？沉吟久，溪桥归晚，夕阳遥岫。

应念鲈脍莼羹④，只孝鹰羁旅⑤，此言终负。故园⑥三万里，但梦里桑麻柔茂⑦。最难回首，愿丁令归来⑧，河山如旧！今何有？倚楼游子，泪痕盈袖。

〔题解〕

这首词写于1910年10月，原载于1914年1月出版的《留美学生年报》（第三年本）。后收入1920年3月上海亚东图书馆初版《尝试集》。其时，胡适作为第二批庚款留美学生，已到达美国新大陆，并入东部纽约州绮色佳城的康乃尔大学农学院。在孤身一人抵达异域国度的陌生感，与即将到来的中国传统节日重阳节的双重情感发酵下，胡适创作了这首颇为伤感的思乡之词。

〔注释〕

①天涯第一重九：重九，指农历九月初九重阳节，因其月、日两九相重，故称。这句话的意思是这是胡适在美国度过的第一个重阳节。

②万壑松涛：见李白《听蜀僧濬弹琴》："蜀僧抱绿绮，西

下峨眉峰。为我一挥手，如听万壑松。客心洗流水，余响入霜钟。"指琴声宏伟，铿锵有力。这里用来形容山间流水声的气势磅礴。

③黄花茱酒：黄花，即菊花，因陶渊明以爱菊出名，后人效仿之，遂有重阳赏菊之俗。茱酒，药酒名，即用茱萸草酿制而成的酒，古人认为其可"辟邪翁"。因此，喝茱酒亦是古代重阳节的重要习俗。

④鲈脍莼羹：化用自"莼羹鲈脍"或"莼鲈之思"的典故。语出［南朝·宋］刘义庆《世说新语·识鉴》："张季鹰辟齐王东曹掾，在洛，见秋风起，因思吴中菰菜羹、鲈鱼脍，曰：'人生贵得适意尔，何能羁宦数千里以要名爵？'遂命驾便归。"这个典故被用来指思乡辞官归隐。辛弃疾《沁园春·带湖新居将成》："意倦须还，身闲贵早，岂为莼羹鲈脍哉？"

⑤季鹰羁旅：季鹰，即张翰，西晋文学家，吴郡吴江（今江苏苏州）人。其时，张翰被齐王任命为洛阳大司马，羁旅他乡。前句"莼鲈之思"的典故，便出自张季鹰之口。

⑥故园：这里指祖国。李白《春夜洛城闻笛》："此夜曲中闻折柳，何人不起故园情。"

⑦桑麻柔茂：桑麻，即桑树和麻，这里泛指庄稼。柔茂，柔嫩而繁茂的样子。

⑧丁令归来：语出陶渊明《搜神后记》："丁令威，本辽东人，学道于灵虚山。后化鹤归辽，集城门华表柱。时有少年，举弓欲射之。鹤乃飞，徘徊空中而言曰：'有鸟有鸟丁令威，去家千年今始归。城郭如故人民非，何不学仙冢

累累。'遂高上冲天。今辽东诸丁，云其先世有升仙者，但不知名字耳。"后用以比喻人事的变迁。[清]吴伟业《鳖鹤》："丁令归来寄素书，羽毛零落待何如？"

〔评点〕

　　这首词的首二句以对句起，"霜染"对"风催"、"寒林"对"败叶"，描摹了秋景之衰败凄清；"天涯第一重九"句则点明了自己所处异域之国度，这开篇短短三句便勾勒出了天涯游子羁旅他乡的背景，给人以浮萍漂泊无所依的凄凉感受。"登临山径曲"三句则为正面描写所见之秋景。至于寻遍"山前山后"，无"黄花""茱酒"的境况，则更徒增了独孤无依之感。下阕开头三句，无不渗透着浓浓的慨叹远离故土之意，其中"鲈脍莼羹"与"季鹰羁旅"之句关合。至于"梦里桑麻柔茂"之句则与"黄花茱酒"关合，"倚楼游子"与"山前山后"关合，所谓"草蛇灰线，伏脉千里"。末了以"泪痕盈袖"作结，显露直白，收结全篇。整体而言，这首词上阕写景，下阕抒情，脉络分明，景清情切，令人动容。

水龙吟·送秋

无边枫赭①榆黄,更青青映松无数。平生每道,一年佳景,最怜秋暮。倾倒天工,染渲秋色,清新如许。使词人憨绝,殷殷私祝:秋无恙,秋常住。

凄怆都成虚愿,有西风任情相妒。萧飕②木末③,乱枫争坠,纷纷如雨。风卷平芜④,嫩黄新紫,一时飞舞。且徘徊,陌上⑤溪头,黯黯看秋归去。

〔题解〕

这首词写于1912年11月6日,原载1914年1月出版的《留美学生年报》(第三年本)时改题为《水龙吟·秋去》。收入初版《尝试集》时题为《水龙吟·绮色佳秋暮》。胡适在1912年11月14日的《胡适留学日记》中,记载此词是因"秋暮矣,感而有赋,填一词记之"。

〔注释〕

① 枫赭:赭,红褐色;枫赭指枫叶暗红的颜色。
② 萧飕:形容风吹树木的声音。
③ 木末:语出屈原《楚辞·九歌》:"采薜荔兮山中,搴芙蓉兮木末。"木末即树梢。
④ 平芜:指草木丛生的平旷原野。

⑤陌上：指田间。［唐］崔颢《代闺人答轻薄少年》："花间陌上春将晚，走马斗鸡犹未返。"

〔评点〕

　　这首词有感于萧瑟秋景，胡适抒发了悲秋之情。这反映了初到美国的胡适，思想上依然延续着其在上海时的伤春悲秋之倾向。《水龙吟》的词牌，各家格式出入颇多，但是这首词较多依存传统词调《水龙吟》的写法，即上下阕各押四仄韵，上下阕第三至五、六至八句以对句形式出现，开头两句作前六后七之法，结尾以三四六句式结束。前人论词，常言此调气势雄浑，宜用以抒写激愤情思，然胡适却用此词调写悲秋之情，不以气势见长，而见缠绵深致。

第二辑

耶稣诞日

冬青树上明纤炬①，冬青树下欢儿女，
高歌颂神歌且舞。朝来阿母含笑语：
"儿辈驯好神佑汝。灶前悬袜青丝缕。
灶突神②下今夜午，朱衣高冠须眉古。
神之来下不可睹，早睡慎毋干神怒。"
明朝袜中实饧粻③，有蜡作鼠纸作虎，
夜来一一神所予④。明日举家作大酺⑤，
杀鸡大于一岁豛⑥。堆盘肴果难悉数。
食终腹鼓不可俯。欢乐勿忘神之佑，
上帝之子天下主⑦。

〔题解〕

　　这首诗写于1913年12月26日，原载于1914年1月出版的《留美学生年报》（第三年本）时改题目为《耶稣诞节歌》。诗前有序："昨日为耶稣诞日，今日戏作一诗记之。"胡适曾在1912年12月25日的日记中，记载了自己初到美国夫妇Patterson家过圣诞节时的情形："今日为耶稣诞节，Patterson夫妇招吾饭于其家，同饭者数人，皆其家戚属也。饭毕，围坐，集连日所得节日赠礼一一启视之，其多盈一筐。西国节日赠品极多，往来投赠，不可胜数。其物或书，或画，或月份牌。其在至好，则择受者所爱读之书，爱用之物，或其家所无有而颇需之者，环钏刀尺布帛匙尊之类皆可，此亦风俗之一端也。赠礼流弊，习为奢靡，近日有矫其弊者，倡为不赠礼物之会，前日报载会中将以前总统罗斯福为之首领。Patterson夫妇都五十余矣，见待极厚，有如家人骨肉。羁人游子，得此真可销我乡思。前在都门，杨景苏夫妇亦复如是，尝寄以诗，有'怜我无家能慰我，佳儿娇女倍情亲'之语。此君夫妇亦怜我无家能慰我者也。此是西方醇厚之俗。"

〔注释〕

①胡适自注："廿四日为圣诞夕，家家庭中供柏一巨枝，饰以彩线，枝上遍燃小烛无数，名圣诞节树。"纤炬，即明艳的蜡烛。

②灶突神：即"灶神"，中国古代传说中主管饮食的神，又称"灶王"，晋时尊为"天地督察使"。传说，灶神于农历腊月二十三日至除夕上天陈报人家善恶。这里的"灶突神"如果按西方称谓，应是指在圣诞夜钻进烟囱分发礼物的"圣诞老人"。

③饧粆：甜的油炸食品。这里指圣诞老人派发的糖果。

④胡适自注："俗悬小儿女袜于灶前，谓有神名圣大克罗者，将自灶突下，以食物玩具置袜中，盖父母为之也。"

⑤大酺：出自成语"大酺三日"，见〔晋〕陈寿《三国志·魏书·文帝记》："饶安县言白雉见。"裴松之注引〔北魏〕魏收《魏书》："赐饶安田租，渤海郡百户牛酒，大酺三日。"酺，指聚饮。这个成语本义指封建帝王为表示欢

庆，特许民间举行大聚饮三天。后指大规模的庆祝。
⑥羖：指黑色的公羊。
⑦胡适自注："耶教徒称耶稣为上帝之子。"

〔评点〕

在这首诗里，胡适细致摹写了西方的宗教节日——圣诞节。但是，当我们试着去解读胡适对圣诞节的逼真描摹这一行为背后所蕴含的深层性宗教意义时，却惊奇地发现它只是单纯性地展示了胡适对西方宗教的新奇体验。这一方面反映出胡适以一种平等、包容之心态看待西方宗教与文化，另一方面也彰显着胡适对自身民族性与民族精神的坚守，这亦体现于散落在诗中各处的"灶突神""饧粥""大酺"诸多传统中国元素中。整首诗在艺术上很有特色：首先，以"圣诞节"这一西方宗教节日题材入诗，开拓了传统诗歌题材的领域。其次，全诗在形式上颇具试验意味——单句、对偶句、三句兼用，这部分动摇了传统诗歌以对偶形式呈现的成例，彰显了胡适对新的诗歌形式和审美范式的追求。另外，此诗语言呈现出了外来词汇（"上帝""神"）与文言词汇（"阿母""灶突神""高冠"）杂糅的特点，给读者的阅读过程带来了新奇的阅读体验。

大雪放歌和叔永

往岁初冬雪载涂①,今年圣诞始大雪。
天工有意弄奇诡,积久迸发势益烈。
夜深飞屑始叩窗,侵晨积絮可及膝。
出门四顾喜欲舞,琼瑶②十里供大阅。
小市疏林迷远近,山与天接不可别。
眼前诸松耐寒岁,虬枝雪压垂欲折。
窥人鼫鼠③寒可怜,觅食冻雀迹亦绝。
毳衣④老农朝入市,令令瘦马驾长橇⑤。
道逢相识遥告语:"明年麦子未应劣。"
路旁欢呼小儿女,冰棠⑥铁屐⑦手提挈。
昨夜零下二十度,湖面冻合坚可滑。
客子踏雪来复去,朔风⑧啮肤手皴裂。
归来烹茶还赋诗,短歌大笑忘日昳⑨。
开窗相看两不厌⑩,清寒已足消内热。
百忧一时且弃置,吾辈不可负此日。

〔题解〕

这首诗写于1914年1月23日,原载1914年3月《留美学生季报》春季第1号。诗前有序:"余谓叔永君每成四诗,当以一诗奉和。后叔永果以四诗来,余遂不容食言,因追写岁末大雪景物,成七古一章,不能佳,远不逮叔永作多矣。"胡适在当日的日记中,详细记载了任叔永的四首岁末杂感诗,并加以评论:"任叔永作岁末杂感诗数章见示,第一首总叙,第二首《雪》,第三首《滑冰》,第四首《度岁》。其《雪》诗起云,'昨夜天忽雪,侵晓势益盛';中有'轻盈尚扑面,深厚已没胫。远山淡微林,近潭黝深凝。疏枝压可折,高檐滑欲迸'。其《滑冰》诗有'毡裘带双鞲,铁屐挺孤棱;蹴足一纵送,飘忽逐飞甍'。其《度岁》诗'冬青罗窗前,稚子戏阶砌。有时笑语声,款款出深第。感此异井物,坐怀故乡例。凤驾信未遑,幽居聊小憩'。皆佳。"任叔永(1886—1961),即任鸿隽,字叔永,与胡适同为上海中国公学的同学,1911年赴美留学时又与胡适同在康奈尔大学。妻子为五四女作家陈衡哲。

〔注释〕

①载涂:即铺满道路。《诗经·出车》:"今我来思,雨雪载涂。"

②琼瑶:语出《诗经·卫风·木瓜》:"投我以木桃,报之以琼瑶。"本义指美玉。这里指似玉的雪。白居易《西楼喜雪命宴》:"四郊铺缟素,万室瞀琼瑶。"

③鼫鼠:即"硕鼠",语出《诗经·魏风·硕鼠》:"硕鼠硕鼠,无食我黍。"硕鼠,一种专吃谷物的大老鼠。[晋]郭璞《鼫鼠》:"五能之鼠,伎无所执。应气而化,翻飞驾集。诗人歌之,无食我粒。"

④毳衣:语出《诗经·王风·大车》:"大车槛槛,毳衣如

菱。岂不尔思？畏子不敢！"毳衣即毛皮所制的衣服。

⑤胡适自注："冰雪中所用车，以马驾之，行时缨铃令令然。"

⑥胡适自注："冰桨，Hockeystick。"

⑦胡适自注："铁屐，踏冰所用。"

⑧朔风：即北风。［三国·魏］曹植《朔风诗》："仰彼朔风，用怀魏都；愿骋代马，倏忽北徂。"

⑨日昳：见《汉书·游侠传》："诸客奔走市买，至日昳皆会。"日昳，指日落。

⑩开窗相看两不厌：化用自李白《独坐敬亭山》："相看两不厌，只有敬亭山。"这里则是指胡适与雪景互相凝视。

〔评点〕

在这首长篇七古中，借由"飞屑""虬枝""鼯鼠""冻雀"等鲜明意象的堆积，胡适为我们勾勒了一幅"大雪压城"的异域风光图。整首诗在艺术表现上呈现出一种杂糅倾向。首先，全诗承袭了杜甫叙事诗的技巧——通过选择具有典型意义的人物以反映一般，如借老农"明年麦子未应劣"之语，道出背后千万个农夫心中所想、所愿。其次，全诗以对话入诗的形式，颇近汉乐府民歌体式。第三，诗语方面又呈现出白居易浅显平易、通俗易懂的特点，如"昨夜零下二十度，湖面冻合坚可滑"。由此可见，唐宋诗词对胡适早期诗歌创作的影响之深。

山城和叔永韵

漫说①山城小，春来不羡仙②。
壑深争作瀑，湖静好摇船。
归梦难回首，劳人此息肩③。
绿阴容偃卧④，平野草芊芊⑤。

〔题解〕

这首诗写于1914年5月25日，原载1914年9月出版的《留美学生季报》秋季第3号。任叔永原诗为："何人为作春日戏，山城五月尽飞仙。软玉微侵衫胜雪，绛云曲护帽如船。晚风垂柳宜轻步，华烛高楼试袒肩。看罢击球还竞艇，平湖归去草芊芊。"

〔注释〕

①漫说：即别说，不要说。〔唐〕司空图《柳（之一）》："漫说早梅先得意，不知春力暗分张。"

②不羡仙：见〔唐〕卢照邻《长安古意》："得成比目何辞死，愿做鸳鸯不羡仙。"

③息肩：见《左传·襄公二年》："郑成公卒，子驷请息肩于晋。"息肩，即让肩头得到休息，比喻卸除责任或免除劳役。

④偃卧：仰卧、睡卧。王维《赠房卢氏琯》："视事兼偃卧，对书不簪缨。"

⑤芊芊：指草木茂盛的样子。［唐］张耒《馀瑞麦》："仁风吹靡靡，甘雨长芊芊。"

〔**评点**〕

这是一首次韵诗（和韵诗的一种，即按照原诗的韵和用韵的次序来和诗）。借由完全步叔永原诗之韵脚"仙""船""肩""芊"，胡适游刃有余地描绘了一幅"山城春景图"。严羽在《沧浪诗话》中曾言："和韵最害人诗。"虽然此番言论未免太过偏激，但是次韵诗受韵脚束缚，表意极不自由的特点还是为大家所公认。但是，胡适创作的这首诗，不仅呈现了与原诗"韵同而意殊"的特点，而且与过分写实而陷于板滞的原诗相比，此诗因其灵动、飘虚的意象组合而显露出清雅闲适的意境。

春　朝

叶香清不厌①，鸟语韵无嚣。

柳絮随风舞，榆钱作雨飘②。

何须乞糟粕③，即此是醇醪④。

天地有真趣⑤，会心⑥殊未遥。

〔题解〕

　　这首诗写于1914年5月31日，后收入1939年上海亚东图书馆出版的《藏晖室札记》卷四。诗前有序："春色撩人，何可伏案不窥园也！迩来颇悟天地之间，何一非学，何必读书然后为学耶？古人乐天任天之旨，尽可玩味。吾向不知春之可爱，吾爱秋甚于春也。今年忽爱春日甚笃，觉春亦甚厚我，一景一物，无不怡悦神性。岂吾前此枯寂冷淡之心肠遂为吾乐观主义所热耶？今晨作一诗，书此为之序。"

〔注释〕

①胡适自注："人们但知花香，而不知新叶之香尤可爱也。"

②胡适自注："校地遍栽榆树，风来榆实纷纷下，日中望之，真如雨也。"

③糟粕：语出《庄子·天道》："然则君之所读者，古人之糟粕已夫。"酒滓曰糟，渍糟曰粕。"糟粕"指酿酒剩下的

渣滓。后用以比喻食物粗劣无用的部分。
④醇醪：见《抱朴子内篇·微旨》："酣于醨酪而不赏醇醪。"指美酒。
⑤真趣：亦称天然之趣。［南朝·梁］江淹《杂体诗·效殷仲文兴瞩》："晨游任所萃，悠悠蕴真趣。"
⑥会心：来自王夫之"即景会心"之诗学思想，所谓"若即景会心，则或推或敲，必居其一，因景因情，自然灵妙，何劳拟议哉？"（王夫之《姜斋诗话》）"会心"即是指诗人在进行审美观照时把握住了事物的内在意蕴。

〔评点〕

　　这首五律在对盎然春意的描摹中，抒写了胡适闲适的情调与超脱的精神节操。这是一首有着浓郁禅宗倾向的诗，胡适以禅宗"观照"自然之法，营造诗歌空灵境界的同时也传递着天人合一的终极理念。具体而言，在胡适禅宗"观照"下的首联与颔联之景，既是其寓目直观之境，又是其以禅心所体悟到的独特之境，外境与内心契合统一，心即是境，境即是心，物（天）我（人）合一的空灵境界得以浮现；而尾联"会心殊未遥"之句更是"禅心"观照下的独特精神体悟，所谓"神与物游，物我两忘""天人之际，合而为一"是已。

赠傅有周归国和叔永韵

与君同去国,归去尚无时。
故国频侵梦,新知未有涯①。
豺狼能肉食②,燕雀自酣嬉③。
河梁④倍惆怅,日暮子何之?

〔题解〕

　　这首诗写于1914年6月1日,后收入1939年上海亚东图书馆出版的《藏晖室札记》卷四。傅有周(骕)与胡适同为第二批庚款留美学生,因母劳多病,先行回国,任叔永先有赠别诗,作者因和叔永韵作诗赠傅留别。叔永原诗为:"昔君西去日,是我东游时。今日君归去,怅望天一涯。扬帆沧海静,入里老亲嬉。若见当年友,道隽问候之。"胡适在其同日日记曾提到了自己对海外学子归国行为的看法,所谓:"余素主张吾国学子不宜速归,宜多求高等学问。盖吾辈去国万里,所志不在温饱,而在淑世。淑世之学,不厌深也。矧今兹沧海横流,即归亦何补?不如暂留修业继学之为愈也。故余诚羡有周之归,未尝不惜其去,故诗意及之。"

〔注释〕

①新知未有涯：新知，语出《楚辞·九歌·少司命》："悲莫悲兮生别离，乐莫乐兮新相知。"本义指新结交的朋友。这里引申为西方科学知识。

②豺狼能肉食：胡适这里用"豺狼食肉"的习性来比喻西方列强国力之强大。

③燕雀自酣嬉：燕雀，本义指色彩鲜明的小鸟，后用来比喻庸俗浅薄的人。酣嬉，即尽情玩耍。胡适用这句话来劝诫傅有周，希望其能不忘振兴国家的志向，莫要回国之后便沉浸于个人小世界，丧失本来的宏大精神追求。

④河梁：见李陵《与苏武三首》："携手上河梁，游子暮何之。徘徊蹊路侧，悢悢不得辞。"本义指桥梁，后引申为送别之地。孟郊《感怀》："河梁暮相遇，草草不复言。"

〔评点〕

有感于友人傅有周归国探母，胡适在这首五律中一方面抒发了其同样的思念家国之情，另一方面却又显现出其在学业、侍亲难两全局面下精神的煎熬。这体现了处于新旧交替时代的胡适思想的矛盾性：一方面是传统伦理价值观以"孝"为本的道德主义逻辑，另一方面是尊重个体权利的现代人文主义立场，而胡适最终只能在"孝"与"人"之间痛苦地不断摇摆。胡适以"去国"与"归去"、"故国"与"新知"、"豺狼"与"燕雀"等两两对照的方式结构全诗，从而使得整首诗结构工整，章法整饬。

题室中读书图分寄禹臣近仁冬秀

一　寄禹臣师
故里一为别,垂杨七度青。①
异乡书满架,中有旧传经。②

二　寄近仁叔③
廿载忘年友,犹应念阿咸④。
奈何归雁返,不见故人缄⑤?

三　寄冬秀
万里远行役,轩车⑥屡后期⑦。
传神入图画,凭汝寄相思。

〔**题解**〕

　　这组诗写于1914年6月6日,后收入1939年上海亚东图书馆出版的《藏晖室札记》卷四。诗前有序:"叔永为吾摄一室中读书图。图成,极惬余意。已以一帧寄吾母矣。今复印得六纸,为友人攫去三纸,余三纸以寄冬秀、近仁、禹臣各一,图背各附一绝。"在这一天,胡适不仅将任叔永为自己所拍摄的"室中读书图"题诗以表思乡之情,同时胡适亦翻出去年收到"吾母与冬秀皆载"的照片，并题一首五言诗，共152个字。由此可知，离家七年之久的胡适彼时思乡之切。禹臣，名观象，胡适的族兄，是幼时胡适的老师。胡适在《四十自述》中曾言，"禹臣先生为我'讲书'：每读一字，须讲一字的意思；每读一句，须讲一句的意思。"可以说，是这位族兄禹臣先生引领了胡适进入国学之门。近仁，即胡近仁（1883—1932），乳名灶松，行名祥木，字堇人，号晓耘，比胡适大五岁，是胡适九年家乡生活的"总角之交"。胡近仁在胡适出国以后，亦未间断与其通信，并时常以激励之语鼓励身处异乡的胡适。冬秀，即江冬秀（1890—1975），安徽旌德县江村人，其所在的江家是旌德县的望族。彼时的江冬秀虽已与胡适订婚，但是是未经胡适同意，由胡适的母亲一手包办的旧式婚姻，因此"无名无实"。从胡适在这组诗后专门谈及江冬秀的文字内容来看，彼时其对江冬秀又非排斥的，而是在愧疚中带着一丝感恩，同时又有那么一丝不易察觉的悔意。现将这段文字录于下："冬秀长于余数月，与余订婚九年矣，人事卒卒，轩车之期，终未能践。冬秀时往来吾家，为吾母分任家事，吾母倚闾之思，因以少慰。《古诗十九首》云，'千里远结婚，悠悠隔山陂。思君令人老，轩车来何迟！伤彼兰蕙花，含英扬光辉。过时而不采，将随秋草萎。'"并言"吾每诵此诗，未尝不自责也"。

〔注释〕

①垂杨七度青：指胡适已离家七年。

②胡适言："图上架上书，历历可数，有经籍十余册，以放大镜观之，书名犹隐约可辨，故有'犹有旧传经'之句。"

③胡适言:"近仁为余叔辈,为少时老友,里中文学尝首推近仁,亦能诗。余在上海时,近仁集山谷句,成数诗见怀。"

④阿咸:即阮籍侄子阮咸,有才气。语出《晋书·阮咸传》:"咸任达不拘,与叔父籍为竹林之游。……山涛举咸典选,曰:'阮咸贞素寡欲,深识清浊,万物不能移。若在官人之职,必绝于时。'"后以"阿咸"代称侄子。

⑤缄:《说文·糸部》曰:"缄,束箧也。从糸,咸声。""缄"的本义为捆箱笼的绳索。这里指代书信。[宋]王禹偁《回襄阳周奉礼同年因题纸尾》:"武关西畔路巉岩,两月劳君寄两缄。"

⑥轩车:一种曲辕,前顶较高,设有帷幕的马车。先秦时供卿大夫、诸侯夫人乘坐,汉代供高级官员乘坐。

⑦后期:指往后拖延。

〔评点〕

就某一特定物品题词作赋,是旧时文人的传统,诸如题画诗,其便以诗画互补的优长,使得画意入诗,诗情入画。而且在这种情境下所谱写的章句,更见情感之浓烈与意韵之悠长。但是,胡适所创作的这组"题照诗",却巧妙地寓中国古典诗词文化传统"就特定事物题诗"于"照片"——这一西方近代文明的产物中,即摒弃传统诗学视野的局限,以近代科学观念审视古典诗歌,从而使得整组诗显露出了中西糅合的美学风貌,读来令人拍案叫绝。这组诗实可谓诗照一体,相得益彰。另外,全诗用语言简意赅,浅显易懂,画面感极强,大有随手拈来便成珠玑之感。

送许肇南归国

秋风八月送残暑，天末忽逢故人许。
烹茶斗室集吾侣，高谈奕奕忘夜午。
评论人物屈指数，爽利似听蕉上雨。
明辨如闻老吏语，君家汝南①今再睹。
慷慨为我道出处，不为良相为良贾②。
愿得黄金堆作坞，遍交天下奇男女。③
自言"国危在贫窭④，饿莩⑤未可任艰巨。
能令通国无空庾⑥，自有深夜不闭户"。
又言"吾曹国之主⑦，责人无已亦无取。
宜崇令德相夹辅⑧，誓为宗国⑨去陈腐。⑩
譬如筑室先下础，纲领既具百目举⑪"。
我闻君言如饮醑⑫，振衣欲起为君舞，
君归且先建旗鼓，他日归来隶君部。

〔题解〕

　　这首诗写于1914年8月14日，原载1915年6月出版的《留美学生季报》夏季第2号。胡适在同日日记中记载："许肇南（先甲）远道来访，连日倾谈极欢。肇南将归国，作诗送之。"许肇南（1886—1960）：字先甲，号石枒，贵州省贵阳市人，中国水电工程先驱。其与胡适同为第二批庚款留美生。在美期间，其先入威斯康星大学攻电机工程，学成后获得该校学士学位及电气工程师职称，后又入哈佛大学攻读工业经济和经营管理。在哈佛大学即将毕业之际，许肇南到美国通用电器公司所属的斯坎奈克塔底工厂实习。这家公司看中了他的才干，拟以重金聘任他为远东总买办。许予以婉言拒绝，打定主意学有成即归，报效祖国。胡适所写这首诗，便部分反映了许肇南毅然归国做建设的雄心壮志。

〔注释〕

①汝南：化用自"汝南月旦"的典故，语出《后汉书·许劭传》："初，劭与靖（劭的从兄）俱有高名，好共核论乡党人物，每月辄更其品题，故汝南俗有'月旦评'焉。"后用以指对人物或作品的品评。柳亚子《胡寄尘诗序》："其尤无耻者，妄窃汝南月旦之评，撰为诗话，己不能文，则假手捉刀，大书深刻，以欺当世。"

②不为良相为良贾：语出《史记·老子韩非列传》："良贾深藏若虚，君子盛德容貌若愚。"本义指善于做买卖的商人，深藏财货，但外表看起来却一无所有；有修养的君子，内藏道德，而外表看起来好像是愚蠢迟钝。后比喻为人要谦虚内敛。

③胡适自注："肇南昨书黄伯芹册子上云：'愿得黄金三百万，交尽天下美人名士。'"

④贫窭：语出《诗经·邶风·北门》："终窭且贫，莫知我艰。"指贫乏、贫穷。

⑤饿莩：即"饿殍"，语出《孟子·梁惠王上》："涂有饿莩而不知发。"指饿死的人。

⑥空庾：庾，指谷仓。空庾即为空粮仓。杜牧《阿房宫赋》："钉头磷磷，多于在庾之粟粒。"

⑦胡适自注："君每言一国命脉在中等社会。"

⑧夹辅：见《左传·僖公四年》："五侯九伯，女实征之，以夹辅周室！"意为辅助。

⑨宗国：见《孟子·滕文公上》："父兄百官皆不欲，曰：'吾宗国鲁先君莫之行，吾先君亦莫之行也。'""宗国"即指祖国。

⑩胡适自注："今夜同人有'社会改良会'之议，君倡之，和之者任叔永、梅觐庄、陈晋侯、杨杏佛、胡明复、胡适之也。"

⑪纲领既具百目举：出自"纲举目张"的典故，语出《尚书·盘庚》："若网在纲，有条而不紊。"本义指渔网上的总绳一提，网眼就全部张开。后用以比喻做事条理分明。《吕氏春秋·用民》："一引其纲，万目皆张。"

⑫醑：即美酒。李白《送别》："惜别倾壶醑，临分赠马鞭。"

〔评点〕

这是一首送别诗，但是却一反以往送别诗哀伤、凄凉之窠臼，借由描摹友人许肇南以民族振兴为己任的壮志豪情，胡适抒发了他们那一代青年人共同的忧国忧民宏大襟怀。这首诗的最大特点在于尝试以现代标点符号——前后引号直接入诗，但是囿于胡适对诗歌押韵、对仗的坚持，前后引号最终没能获得其自主性的地位（如果去掉这些前后引号，并不影响诗歌内容的表达），起到真正使诗歌格式随意、形式自由的作用，且最终沦为诗歌形式里可有可无的尴尬性存在。而且，原本借助"前后引号"可以以口语化形式直接入诗的对话体，也在对仗工整、韵律和谐的理念束缚下，又被人为转换成古语入诗。但是，与同时期的维新派和革命派笔下慷慨激昂的政治叙事诗相比，胡适的这首歌行体还是呈现出了即兴抒情、语句自由的特点，在语言上也更接近自然。

登唐山楼

危楼①可望山远近，幻镜②能令公短长。
我登斯楼欲叹绝，唐山唐山真无双。

〔题解〕

　　这首诗写于1914年9月5日，后收入1939年上海亚东图书馆出版的《藏晖室札记》卷六。胡适在同日日记中，详细描述了他这次游唐山楼的过程："登唐山之楼，可望见数十里外村市。楼上有大望远镜十余具，分设四围窗上，自镜中望之，可见诸村中屋舍人物，一一如在目前。此地去安谋司不下二十里，而镜中可见安谋司学校之体育院，及作年会会场之礼拜堂。又楼之东可望东汉登城中工厂上大钟，其长针正指十一点五十五分。楼上又有各种游戏之具，有凸凹镜无数，对凸镜则形短如侏儒，对凹镜则身长逾丈。楼上有题名册，姓氏籍贯之外，游人可随意题字。余因书其上。"唐山（Mt.Tom）为波士顿地区名胜地。唐山楼上有十余具望远镜，分设四围窗上，可远瞻风景。又设许多哈哈镜，即所谓"幻镜"，供游人嬉乐。

〔注释〕

　　①危楼：即高楼，这里指唐山楼。李白《夜宿山寺》："危楼高百尺，手可摘星辰。"

②幻镜：即唐山楼上所摆放的哈哈镜。

〔评点〕

  在这首诗里，胡适抒发了他登楼临下，美景揽入怀的惬意和舒适。整首诗虽然以传统"登楼"题材入诗，但却显现了一种现代感。究其原因，是胡适有意还原了"人"在诗歌中的主体性地位，并展现了其现代性的审美感受，从而使得这首诗摆脱了古人"登楼"诗怀古讽今的历史主义情调。此外，整首诗诙谐风趣，轻灵活泼，是胡适留美七年乐观主义诗风的典型表现。

生　日

寒流冻不嘶[①]，积雪已及膝。
游子谢人事，闭户作生日。
我生廿三年，百年四去一。
去日不可追，后来未容逸。
顾慕蘧伯玉[②]，内省知前失。
执笔论功过，不独以自述。

〔题解〕

这首诗写于1914年12月17日，最早见于胡适写在1916年1月4日的留学日记中，是其"偶捡旧稿"，后收入1939年上海亚东图书馆出版的《藏晖室札记》卷十二。原有一条题注："本拟作数诗，此为第一章。"

〔注释〕

①嘶：据〔南朝·梁〕顾野王《玉篇》曰："嘶，马鸣也。"即指马发出凄厉而沙哑的叫声。这里指河流因寒冷而结冰，不再发出水流湍急的声音。

②蘧伯玉：春秋时卫国大夫。名瑗，谥成子，是一个求进甚急并善于改过的贤大夫。《淮南子·原道训》有"蘧伯玉年五十而知四十九年非"之说。

〔评点〕

　　这是一首自寿诗。古人作此类型诗大多在其"六十知天命""七十古来稀"之际,内容也多为表现诗人感叹世事沧桑、感喟人生遗憾之情感,但是胡适却一反故态,不仅在自己二十三岁这一风华正茂的年纪写此自寿诗,而且还在诗中真实抒写了青年时代自己乐观向上的心绪与情怀。可以说,正是胡适的别出新意,使得自寿诗这一传统诗歌题材"枯木逢春吐新芽"。整首诗诗风平易自然,感情真挚,语言凝练。

睡美人歌

东方绝代姿,百年久浓睡。
一朝西风起,穿帏①侵玉臂。②
碧海扬洪波,红楼③醒佳丽④。
昔年时世装,长袖高螺髻。⑤
可怜梦回日,一一与世戾⑥。
画眉异深浅,出门受讪刺⑦。
殷勤遣群侍,买珠入城市;
东市⑧易宫衣,西市问新制。⑨
归来奉佳人,百倍旧姝媚⑩。
装成齐起舞,"主君寿百岁"!⑪

〔题解〕

　　这首诗作于1914年12月,胡适在1915年3月15日的留学日记中追记了这首诗。后收入1939年上海亚东图书馆出版的《藏晖室札记》卷九。胡适在同日日记中曾言:"拿破仑大帝尝以睡狮譬中国,谓睡狮醒时,世界应为震悚。百年以来,世人争道斯语,至今未衰。余以为以睡狮喻吾国,不如以睡美人比之之切也。欧洲古代神话相传:有国君女,具绝代姿,一日触神巫之怒,巫以术幽之塔上,令长睡百年,以刺蔷薇锁塔,人无敢入者。有武士犯刺蔷薇而入,得睡美人,一吻而醒,遂为夫妇。……矧东方文明古国，他日有所贡献于世界，当在文物风教，而不在武力，吾故曰睡狮之喻不如睡美人之切也。作《睡美人歌》以祝吾祖国之前途。"

〔注释〕

① 帏："巾""韦"相合，"帏"指帐子，引申指一切具有遮蔽功用的帐子、幔幕。
② 这两句话是指鸦片战争之后轮番在中国上演的"洋务运动""维新变法"（政体改革）等西学东渐之风，带来的不仅是中国的觉醒，同时也还有无数仁人志士对中国传统文化的反思。
③ 红楼：原义指女子所居楼台，这里意指神州。
④ 佳丽：多指景色美好。如〔南朝·齐〕谢朓《入朝曲》："江南佳丽地，金陵帝王州。"这里则是指广大中国人民。
⑤ 这两句则是以美人的旧时装束暗喻中国昔日之辉煌已不复存在。
⑥ 戾：本义指弯曲，后引申为违背之意。《诗经·小雅·小宛》："宛彼鸣鸠，翰飞戾天。"
⑦ 讪刺：讪，刺两字同为毁谤、非议之义。这两句话是指陈旧落后的中国在西方先进文化的面前，变成了被嘲笑与非议的对象。
⑧ 东市：这里的"东市"与之后的"西市"皆代指发达国家。
⑨ 这四句话是指鸦片战争之后的近代中国知识分子，向西方寻求真理、励精图治的艰难探索过程。
⑩ 姝媚：姝、媚同为美好之义。

⑪这四句话则畅想了经历过改革之后中国的全新形象,并描摹了彼时国人均额手称庆的欢快场面。

〔评点〕

这首诗的前半部分将祖国比喻为风华绝代的美人,讲述其在百年沉睡中被西方的坚船利炮所唤醒,受尽凌辱;诗的后半部分则写鸦片战争之后中国的青年一代向西方寻求真理、励精图治的艰难历程,并表明了他们对国家日益强盛的乐观态度和必胜信念。整体而言,这首诗表达了青年时期的胡适"希望学习西方的'新制',改变祖国贫穷落后的面貌,使中华民族振兴富强起来,以自立于世界民族之林"的愿望(毛泽东语)。过去世人常以"睡狮"意象比喻中国,而胡适在这首诗里则以"睡美人"的意象作比,可谓"取譬新美""得温柔敦厚之旨"(刘梦芙语)。另外,全诗以"美人"的"睡""醒""易(装)""问"为主线,以"美人换装"的四两拨千斤之笔法写中国近代社会的巨大变化,堪称绝妙。

满庭芳

　　枫翼①敲帘，榆钱入户，柳棉②飞上春衣。落花时节，随地乱莺啼。枝上红襟③软语，商量定，掠地双飞④。何须待，销魂杜宇，劝我不如归？⑤

　　归期，今倦数。十年作客，已惯天涯。况壑深多瀑，湖丽如斯。多谢殷勤我友，能容我傲骨狂思。频相见，微风晚日，指点过湖堤。

〔题解〕

　　这首词写于1915年6月12日。原载1915年9月《留美学生季报》秋季第3号。诗末有跋："久未作词，偶成此阕。去国后倚声，此为第三次耳。疏涩之咎，未始不坐此。"其时胡适已于康奈尔大学毕业，正待转入纽约的哥伦比亚大学哲学系研究部专攻哲学。胡适在1939年5月17日写给韦莲司的信《送〈留学日记〉》中，明白指出这首词与韦莲司有关。韦莲司，是胡适初入美国就读的康奈尔大学地质系教授H.S.威廉的小女儿。在1914—1915年间，其与胡适两情相悦、缱绻情深。胡适曾评价韦莲司"其人极能思想，读书甚多，高洁几近狂狷"，"其待人也，开诚相示，倾心相信，未尝疑人，人亦不敢疑也，未尝轻人，人亦不敢轻之……与女士谈论最有益，以其能启发人之思想也"，胡适甚至言及韦莲司是"可以导自己于正确航向之舵手"。

〔注释〕

①胡适自注：枫翼者，枫树子皆有薄翅包之，其形似蜻蜓之翅。凡此类之种子，如榆之钱，枫之翼，皆以便时风远飏也。

②柳棉：即柳絮。〔元〕钱霖《清江引》："蛛丝挂柳棉，燕嘴粘花片，啼莺一声春去远。"

③胡适自注："红襟"，鸟名。

④胡适自注：史梅溪有"又软语商量不定"句，甚喜之，今反其意而用之。

⑤胡适自注：此邦无杜宇。

〔评点〕

从胡适在这首词里自许为"傲骨狂思"，在他处许韦莲司为"高洁几近狂狷"的言行可见，彼时的胡适与韦莲司二人情投意合、惺惺相惜。但是囿于家中正有老母、冬秀望断归人的情境，胡适又不得不归国（周质平在《胡适与韦莲司：深情五十年》中语）。在此情感基调下，胡适写下了这首哀怨、凄伤的离别之词。整首词上阕状春景，发"掠地双飞"之乐情；下阕抒哀情，摹满眼离别之景，可谓情景交融。"柳棉""落花""乱莺""销魂杜宇"等意象的使用，使得整首词的词风婉约清丽，颇显李清照词的风韵。另外，通过采用连环体顶接的构词方式——用词的上阕结尾"归"来作下阕的起首，整首词呈现出了结构严密、文气畅达、圆活自如的风貌。

题欧战讽刺画(选二)

四

狂风吹我,我则唾汝①!
丑尔英伦②,上帝祸汝!

七

八岁卖肉,七岁卖面。
父兄何在?为国苦战。

〔题解〕

　　这组诗写于1915年7月11日。诗前有序:"自战祸之兴,各国报章之讽刺画多以此为题,其中殊多佳品,偶择其尤,附载于此。"诗后有跋:"既载此八画,戏为作题词,以三十分时成七则,亦殊自隽妙之语,颇自喜也。四、七两章大有古乐府风味。"后收入1939年上海亚东图书馆出版的《藏晖室札记》卷十。第四幅漫画所表现的内容是:紧裹风衣、右手掩鼻、腰间配枪之人,在狂风大作中,艰难行走。第七幅漫画所表现的内容是:两个衣衫褴褛的小男孩,在贵妇家门口推销面包。胡适在留学日记中多次记载了自己的反战思想,其更是于1915年2月13日前往纽约,参加"各大学非兵主义同盟",以宣誓自己的和平主义主张和不抵抗主义思想。以此观之,便不难理解这组诗中胡适所表现出的强烈讽刺意味与对处于战火中人民遭遇的悲悯情怀。

〔注释〕

① 唾汝：这里指用向你吐唾沫的公然侮辱方式表示自己的反感和厌恶。

② 英伦：指英国。

〔评点〕

　　这是一组题画诗，但胡适所题之"画"却非中国传统的水墨画，而是西方近代报刊文明的产物——"漫画"。众所周知，"漫画"的绘画技法与中国传统水墨画讲求"以形写神""以虚代实"的绘画传统是很不相同的，其更多呈现出的是绘画线条硬朗、精细，人物轮廓鲜明可感的写实主义特点。因此，通过将讲求浑融意境呈现的古诗词与蕴含写实之风的西洋漫画相并置，这组"题画诗"打破了传统题画诗程式化的艺术表达，给人以全新的审美体验。另外，出现于胡适日记中的这组题画诗，亦革新了传统题画诗只能被题写在画作、扇面上的僵化承载方式。而就胡适对传统题画诗的艺术革新与对西洋漫画的创造性吸收这一行为而言，也体现了他以中国传统文化为底蕴、以世界性眼光与自我开放意识为向导的兼容并蓄思想。

水调歌头·今别离

"但愿人长久,千里共婵娟!"吾歌坡老①佳句,回首几年前。照汝黄山深处,照我春申②古渡③,同此月团圞④。皎色映征袖,轻露湿云鬟⑤。

今已矣!空对此,月新圆!清辉脉脉如许,谁与我同看?料得今宵此际,伴汝鹧鸪声里,骄日欲中天。窗外繁花影,村上午炊烟。

〔题解〕

这首词写于1915年8月3日。诗前有序:"吾前以英文作《今别离》诗,今率意译之,得《水调歌头》一章。"原载1917年3月《留美学生季报》春季第1号。后收入1920年3月出版《〈尝试集〉附〈去国集〉》时,胡适增加了一段长序:"民国四年,七月二十五夜,月圆。疑是阴历六月十五也。余步行月光中,赏玩无厌。忽念黄公度《今别离》第四章,以梦咏东西两半球昼夜之差,其意甚新。于四章之中,此为最佳矣。又念此意亦可假月写之。杜工部:'今夜鄜州月,闺中只独看。'白香山云:'共看明月应垂泪,一夜乡心五处同。'苏子瞻云:'但愿人长久,千里共婵娟。'皆古别离之月也。今去国三万里,虽欲与国中骨肉欢好共此婵娟之月色,安可得哉。感此,成英文小诗二章。复自译之,以为《今别离》之续。人境庐有知,或当笑我为狗尾之续貂耳。"

〔注释〕

①坡老：即苏轼，字子瞻，号东坡居士。前句"但愿人长久，千里共婵娟"出自苏轼《水调歌头·明月几时有》。

②春申：上海市的别称。［元］黄溍《登钱山望菰城慨然而赋》："耸身白云上，始见春申城。"

③古渡：即老渡口。［唐］戴叔伦《京口怀古》："大江横万里，古渡渺千秋。"

④团圞：同"团栾"，即指月圆。［清］纳兰性德《菩萨蛮·回文五》："月也异当时，团栾照鬓丝。"

⑤云鬟：旧时妇女所梳的高耸的环形发髻。李白《久别离》："至此肠断彼心绝，云鬟绿鬓罢梳结。"

〔评点〕

这首词上阕状"一轮月光，两处相思"之情，下阕摹"东西半球晨昏颠倒"之景，可谓情景交融。但凡提及《水调歌头》这一词牌，世人就会联想到苏轼传颂千古的名作《水调歌头·明月几时有》，但是胡适在创作这首词时，却已然摆脱了苏轼词"影响的焦虑"。通过以现代科学知识入词，胡适的这首《水调歌头》革新了古老词牌的审美视野与美学意趣，并传递出了一种独属于现代人的全新审美体验。

沁园春·别杏佛

朔国秋风,汝远东来,过存①老胡。正相看一笑,使君与我,春申江②上,两个狂奴。客里相逢,殷勤问字,不似黄垆旧酒徒③。还相问:"岂当年块垒,今尽消乎?"

君言:"是何言欤!只壮志新来与昔殊。愿乘风役电,戬天缩地④,颇思瓦特⑤,不美公输⑥。户有余粻⑦,人无菜色,此业何尝属腐儒?吾狂甚,欲斯民温饱,此意何如?"

〔题解〕

这首词写于1915年9月2日。诗前有序"杏佛赠别词有'三稔不相见,一笑遇他乡,暗惊狂奴非故,收束入名场'之句,实则杏佛亦扬州梦醒之杜牧之耳。其词又有'欲共斯民温饱,此愿几时偿'之语。余既喜吾与杏佛今皆能放弃故我,重修学立身,又壮其志愿之宏,故造此词奉答,即以为别"。原载于1917年9月《留美学生季报》秋季第三号。彼时,胡适即将离开绮色佳的康奈尔大学,前往位于纽约的哥伦比亚大学哲学系,师从著名学者杜威继续学习。杨杏佛(1893—1933),名铨,字宏甫,江西清江人。杨杏佛与胡适初识于1908年9月,胡适在上海新公学任英文教师时,杨杏佛入该校,从胡适授业。之后的1910年胡适赴美留学,而杨杏佛在参加辛亥革命后,更坚信"实业救国"的理念，因此也在两年后的1912年赴美入老师胡适所在的康奈尔大学学习机械工程。1915年夏，胡适更是与杨杏佛相聚绮色佳度假，共同探讨文学改良问题。而胡适创作的这首词，亦正反映了二人跨越万水千山的坚忍恒久之情谊。

〔注释〕

①过存：指登门拜访。《后汉书·马援传》："援间至河内，过存伯春。"

②春申江：长江下游支流黄浦江的别称，简称申江。

③黄垆旧酒徒：化用自典故"黄公酒垆"，语出《世说新语·伤逝》："王濬冲为尚书令，著公服，乘轺车，经黄公酒垆下过，顾谓后车客：'吾昔与嵇叔夜、阮嗣宗共酣饮于此垆。竹林之游，亦预其末。自嵇生夭、阮公亡以来，便为时所羁绁。今日视此虽近，邈若山河。'"本义指追念亡友，感怀旧游。这里指感叹世事变迁。

④胡适自注：科学之目的在于征服天行以利人事。

⑤胡适自注：James Watt。瓦特，英国著名的发明家，1776年制造出第一台有实用价值的蒸汽机。他开辟了人类利用能源新时代，使人类进入"蒸汽时代"。

⑥公输：即公输般，名般。因为他是春秋末期鲁国人，"般"与"班"谐音，因此人们又称其为鲁班，是鲁国著名的能工巧匠。

⑦余糈：语出《墨子·公孟》："譬若良玉，处而不出有余糈。"本义为祭祀神明所用过的米，后指余粮。

〔评点〕

上阕，胡适以跨越万里重洋的再聚首之感慨，描摹了与昔日好友杨杏佛"共忆往昔狂奴岁月稠"的感人画面；下阕，他则抒写了在历经"物是人非事事休"的沧桑变化之后，两人仍能有"看今朝欲解人民之温饱"的壮志豪情。两人友情之挚，由此可见一斑！整首词八字同韵，音韵谐美，磅礴气势强力贯穿。此外，这首词以"老胡""两个""瓦特"等白话或外国人名入词，不仅呈现了胡适"以白话入诗"的创作倾向，同时也彰显了他通俗、幽默的美学情调。

送梅觐庄往哈佛大学诗（其二）

凡此群策①岂不伟？有人所志不在此。
即如吾友宣城梅②，自言"但愿作文士。
举世何妨学倍根③，我独远慕萧士比④。"
梅君少年好文史，近更撷拾⑤及欧美。
新来为文颇谐诡⑥，能令公怒令公喜。
昨夜檄讨⑦夫已氏⑧，傥⑨令见之魄应褫⑩。
又能虚心不自是⑪，一稿十易犹未已。
梅君梅君毋自鄙。神州文学久枯馁，
百年未有健者起。新潮之来不可止，
文学革命其时矣。吾辈势不容坐视，
且复号召二三子，革命军前杖马棰⑫，
鞭笞⑬驱除一车鬼，再拜迎入新世纪。
以此报国未云菲，缩地戡天差可儗⑭。
梅君梅君毋自鄙。

〔题解〕

　　这首诗写于1915年9月17日。后收入1920年3月亚东图书馆出版的《〈尝试集〉附〈去国集〉》。其时，梅光迪已从西北大学毕业，即将转往哈佛大学跟随文学批评家白璧德深造，而胡适亦将赴纽约哥伦比亚大学，师从实验主义哲学家杜威继续学习。或许是为了继续说服梅光迪接受自己"文言为半死的文字"的文学主张，又或许是为了给梅光迪打气，希望其要对中国之改良文学有信心，胡适写下这首诗。其实，两人关于是否要进行"文学革命"的分歧，源于是年夏，胡适、梅光迪、任叔永、杨杏佛等友人相约绮色佳度假期间。其时，胡适在自己以前生活经验的基础上提出了"文言为半死的文字"的文学主张，但是梅光迪却并不承认并与之辩驳。胡适在若干年后的《四十自述》中，曾这样描述其与梅光迪彼时文学革命主张的不同："这一班人中，最守旧的是梅觐庄，他绝不承认中国古文是半死或全死的文字。因为他的反驳，我不能不仔细想过我的立场。他越驳越守旧，我倒渐渐变得更激烈了。我那时常提到中国文学必须经过一场革命。'文学革命'的口号，就是那个夏天我们乱谈出来的。"梅觐庄（1890—1945）：即梅光迪，字迪生、觐庄，1890年生，安徽宣城人。《学衡》杂志创办人之一。1911年赴美留学，先在西北大学，后到哈佛大学专攻文学。其在美国哈佛大学先后执教十年，为美国培养了大批的汉学人才。1909年，与胡适相识。两人初留美时，彼此在学业上相互砥砺。直至1915年秋，因"文言与白话"之争，胡适与梅光迪之间爆发了一场旷日持久的争论，其影响之大，甚至被一些学者称之为是"新文学运动的前奏"。

〔注释〕

① 群策：指《送梅觐庄往哈佛大学（其一）》中提到的诸多经世救国策略。诸如"但祝天生几牛敦，辅以无数爱迭孙""乃练熊罴百万军"等。

②宣城梅：即梅光迪，因其是安徽宣城人，故胡适此称之。
③倍根：即培根，英国文艺复兴时期最重要的散文家、哲学家。培根的最大哲学贡献在于，提出了唯物主义经验论的一系列原则，制定了系统的归纳逻辑，马克思、恩格斯称他是"英国唯物主义的第一个创始人"。
④萧士比：即莎士比亚，欧洲文艺复兴时期英国最重要的作家，杰出的戏剧家和诗人，被喻为"人类文学奥林匹斯山上的宙斯"。
⑤摭拾：收取、采集。
⑥谐诡：即"诡谐"，一种似是而非，或似非而是的修辞手法。它可以分为两种情况：一是表面看来是违反常理、诡辩诙谐的话，实质却包含了正确道理；二是有些话似乎很有道理，实际上却是真正的诡辩。它们一般都是用于反击对方立论的手段。
⑦檄讨：用檄文晓谕或声讨。《史记·张耳陈馀列传》："诚听臣之计，可不攻而降城，不战而略地，传檄而千里定。"
⑧夫已氏：语出《左传·文公十四年》："齐公子元不顺懿公之为政也，终不曰公，曰'夫已氏'。"这里的"夫已"作为远指指示代词，含有疏远、轻贱的意味。"夫已氏"在这里指代袁世凯。其时袁世凯正与日本谈判"二十一条"，且其称帝之心亦昭然若揭。
⑨倘：假设连词，表"如果"。[宋]司马光《资治通鉴·汉纪·献帝建安十三年》："瑜曰：'有军任，不可得委署；倘能屈威，诚副其所望。'"
⑩褫：《说文解字》曰："夺衣也。"后引申为剥夺。[南

朝·梁]丘迟《还林赋》:"褫魂故岭,结梦旧墀。"

⑪不自是:语出老子《道德经》:"不自见,故明;不自是,故彰;不自伐,故有功;不自矜,故长。"指不自以为是。

⑫杖马箠:见《史记·张耳陈馀列传》:"夫武臣、张耳、陈馀杖马箠下赵数十城,此亦各欲南面而王,岂欲为卿相终已邪?"杖马箠,即拿着马鞭子。

⑬鞭笞:即鞭打。[汉]贾谊《过秦论》:"履至尊而制六合,执敲扑而鞭笞天下。"

⑭儳:《说文解字》曰:"僭也。""儳"在这里指改变。

〔评点〕

在这首诗里,胡适一方面高度肯定了友人梅光迪的严谨治学态度,另一方面也表达了自己希望能与梅光迪在文学革命道路上"共驱鬼"的愿望。此外,整首诗也鲜明体现了"文学革命"口号提出之初,胡适本人思想的朦胧性。具体而言,"革命军"一词在诗中的出现,暗示了胡适的"文学革命"观点依然停留在对以梁启超为首的晚清维新派诗歌变革观念("诗界革命""文界革命")沿袭的基础上;但是诗中随后出现的"缩地戡天差可儳"话语,却又展现了胡适"文学革命"观念的现代性——对文学独立性地位与价值的认同和肯定。彼时胡适虽然已认为"白话是活文字,古文是半死的文字",且在这首诗中首次提出了"文学革命"的口号,但是其"文学革命"思想体系之形成,却仍需时日酝酿。就艺术方面而言,整首诗以说理见长,颇有韩愈散文诗的倾向。全诗一韵到底,气势连贯雄浑。

戏和叔永再赠诗却寄绮城诸友

诗国革命何自始?要须作诗如作文。
琢镂①粉饰②丧元气,貌似未必诗之纯。
小人行文颇大胆,诸公一一皆人英。
愿共僇力③莫相笑,我辈不作腐儒生。

〔题解〕

这首诗写于1915年9月20日。后收入1939年亚东图书馆出版的《藏晖室札记》卷十一。本就对"文学革命"稍有微词的任叔永,见胡适提倡"文学革命"的诗作《送梅觐庄往哈佛大学诗》中用了11个外国字的译音,他便有意将这些外国字连缀起来成诗,来嘲笑胡适的"文学革命"。其诗云:"牛顿爱迭孙,培根客尔文。索虏与霍桑,'烟士披里纯'。鞭笞一车鬼,为君生琼英。文学今革命,作歌送胡生。"而受到朋友嘲笑的胡适,颇感不平,在其赴哥伦比亚大学的火车上,用任叔永戏诗的韵脚,写下了这首庄重的答词,寄给在绮色佳的朋友,以表明自己"文学革命"的决心。

〔注释〕

①琢镂：指篆刻。闻一多《戊午秋日惩志七十七韵》："读书六十册，金石碎琢镂。"

②粉饰：见《史记·滑稽列传》："共粉饰之，如嫁女床席。"本义指女子打扮、装饰。后引申为美化表面、掩盖错误之义。[宋]周密《武林旧事·酒楼》："官中趁课，初不藉此，聊以粉饰太平耳。"

③僇力：合力、尽力。[明]唐顺之《指挥佥事汤雪江墓碑铭》："公乃移兵入城，与知州僇力缮守。"

〔评点〕

　　这是一首表达胡适"诗国革命"的言志诗。胡适在诗中首次提出了，更为明确的"作诗如作文"的诗歌革命方案。与《送梅觐庄往哈佛大学诗》中的"文学革命"口号相比，这首诗里"作诗如作文"的诗学观念离胡适日后所提倡的"用白话替代古文、用活的工具替代死的工具"的新诗革命宗旨更近了一步。但是，就胡适提出的"作诗如作文"这一诗学观念本身而言，其还停留在文言的范畴里。这首次韵诗，不仅只是按部就班使用了任叔永原诗作中"文""纯""英""生"四个韵脚，同时其亦化腐朽为神奇，巧妙地将"作诗如作文"之文学主张以韵脚契合之形式融入诗歌，从而使得整首诗在贴合次韵诗外在形式的同时，亦不失其内在神韵，可谓是"戴着镣铐跳舞"的诗词创作典范。

秋 声

出门天地阔,悠然喜秋至。
疏林发清响,众叶作雨坠。
山蹊①罕人迹,积叶不见地。
枫榆但余枝,槎枒②具高致。
大橡百年老,败叶剩三四。
诸松傲秋霜,未始有衰态。
举世随风靡,何汝独苍翠?
虬枝③若有语,请代陈其意:
"天寒地脉枯,万木绝饮饲④。
布根及一亩,所得大微细。
本干保已难,枝叶在当弃。
脱叶以存本,休哉此高谊!
吾曹松与柏,颇以俭自励。
取诸天者廉,天亦不吾废。
故能老岩石,亦颇耐寒岁。
全躯复全叶,不为秋憔悴。"
拱手谢松籁⑤,"与君勉斯志"。

〔**题解**〕

这首诗写定于1916年1月9日，续成1915年旧稿。诗前有序："老子曰：'吾有三宝，持而宝之：一曰慈，二曰俭，三曰不敢为天下先。'此三宝者，吾于秋日疏林中尽见之。落叶，慈也。损小己以全宗干，可谓慈矣。松柏需水供至微，故能生水土浇薄之所，秋冬水绝，亦不虞匮乏。人但知其后凋，而莫知后凋之由于能俭也。松柏不与众木争肥壤，而其处天行独最适。刚亦所谓'夫唯不争故天下莫能与之争'者也。遂赋之。"原载1917年3月《留美学生季报》春季第一号。胡适受道家学说影响至深。早在上海公学时期，胡适便常言欣赏《老子》里"自胜者强"的话，而在时隔数年之后的1917年，胡适更是在其博士论文《先秦名学史》中，首次提出了"老先孔后"（老子先于孔子）的说法，为老子的地位正名。究胡适一生，其和平主义的思想来源于老子的"不争"主张；其所追求的最高政治形态"无为而治"亦来源于老子的社会政治主张。而在此背景下再来重新审视这首诗的时候，我们便不难理解胡适特意作诗一首以阐释老子思想的这一行为。

〔**注释**〕

① 山蹊：山间小路。［唐］陈纪《暮春山行二首（其一）》："幽兴忽不惬，山蹊策杖游。"

② 槎枒：树木枝杈歧出的样子。曾国藩《观刘永年团练画角鹰》："兀立槎枒不畏人，眼看青冥有余力。"

③ 虯枝：虯，传说中有脚的小龙；虯枝即指松枝屈曲像虯龙一样。［清］纳兰性德《金山赋》："珍卉含葩而笑露，

虬枝接叶而吟风。"

④饮饲：同"饮食"。[北魏]贾思勰《齐民要术·养牛马驴骡》："服牛乘马，量其才能，寒温饮饲，适其天性。"

⑤松籁：本义指风吹松树发出的自然声韵。这里指上述松树所说的话。

〔评点〕

　　通常来讲，即使是一首说理性意味较重的诗，其也应是情与理紧密结合的，所谓"水流心不竞，云在意俱迟"是已。但是完全由老子的"三宝"主张——"慈""俭""不敢为天下先"铺衍开来的这首说理诗，却因理论先行，情感迟滞而多少显得理过其辞，余味不足。虽然诗中也有诸如"秋叶铺满地""诸松独傲霜"等秋日景象的描摹，但多是为"老子三宝"所做的铺垫罢了，没有深挚的感情以激动读者，有理无趣，读来自然无法打动人心。但是整首诗有意采用拟人化的手法，借松柏之口对秋叶做道德评断——赞赏秋叶的"不争"精神的艺术手法，还是可取的，且因对客观物象"意象化"的处理，某种程度上弥补了这首诗说理性强而情感性弱的缺陷。

和叔永题梅任杨胡合影诗（其一）

种花喜种梅①，初不以其傲。
欲其蕴积久，晚发绝众妙。

〔题解〕

　　这首诗写于1916年1月29日。诗前有序云："叔永近寄诗题梅任杨胡合影。其诗曰：'适之淹博杏佛逸，中有老梅挺奇姿。我似长庚随日月，告人光曙欲来时。'——余昨夜亦成一诗和之。"后收入1939年亚东图书馆出版的《藏晖室札记》卷十二。胡适和诗四首，说四人物——梅光迪、杨杏佛、任叔永及胡适本人，所选这首《和叔永题梅任杨胡合影诗（其一）》为咏梅觐庄。1915年夏，上述四位友人共赴绮色佳度假，期间，他们关于中国文学的讨论初涉了"文学革命"的话题。其时，胡适提出了"文言为半死的文字"的颇为激进的文学主张，但是梅光迪却并不承认，并与之辩驳。其实，梅光迪与胡适二人在学术问题上有着许多分歧，如对程朱理学的看法，然而，这些却丝毫不影响他们彼此之间的诚挚友谊，梅光迪曾评价胡适这位挚友是"东方的托尔斯泰"，而胡适亦在梅光迪将远赴哥伦比亚大学求学时，作长诗一首相赠。在此情感基调下，面对梅光迪的质疑甚至是情绪激烈的否定，胡适就更加迫切地希望能够说服友人梅光迪与自己一道共张"文学革命"之帜，共同破除腐朽不堪的"半死的文学"。

〔题解〕

①梅:梅花作为诗歌中的常见意象,其较早出现于〔南朝·宋〕鲍照的《梅花落》:"中庭杂树多,偏为梅咨嗟。"这时的梅花尚且被看作一般树木认识与描写。这之后经过历朝历代的演变,梅花被诠释为一种孤高、隐者、不与世俗同流合污的君子形象。"梅"也与"松""竹"并称为"岁寒三友",寓意"志同道合"。这首诗里的"梅",则非一般意义上的梅花意象,而是借"梅"与"梅光迪"的姓同字,借代"梅光迪"。

〔评点〕

言及梅花,世人多咏其"凌寒独自开"之孤傲与"梅花香自苦寒来"之坚韧,却甚少从"晚发绝众"的角度赞之,这为此诗别出心裁之处。其二,对梅"厚积薄发"习性的咏叹,实则暗喻了胡适希望友人梅光迪在"文学革命"上能与梅花一样,虽然初时无建树,甚至以拒绝之姿示人,但是经历时间的"蕴积",最终他会与自己携手共谱"新文学之新篇章"。所谓亦花亦人之间,共同的赏识与期待,溢于言表。

沁园春·誓诗

　　更不伤春,更不悲秋,以此誓诗。任花开也好,花飞也好,月圆固好,日落何悲?我闻之曰,"从天而颂,孰与制天而用之①?"更安用为苍天歌哭,作彼奴为!

　　文章革命何疑!且准备搴旗②作健儿。要前空千古,下开百世,收他臭腐③,还我神奇。为大中华,造新文学,此业吾曹欲让谁?诗材料,有簇新④世界,供我驱驰。

〔题解〕

　　这首词写于1916年4月12日,原载于1917年3月《留美学生季报》春季第1号。1916年3月间,胡适曾写信给梅觐庄,言及宋元白话文学于"文学革命"的重要价值,而一向反对胡适"文学革命"的梅觐庄竟回信赞成胡适的观点,称:"文学革命自当从'民间文学'入手,此无待言。然非经一番大战争不可。骤言俚俗文学,必为旧派文家所讪笑攻击。但我辈正欢迎其讪笑攻击耳。"得到同侪认同的胡适,在几天后写下这首词,以表明当下高昂的情绪。另,《沁园春·誓诗》这一"文学革命宣言书",不论是于胡适旧体诗词创作的历程而言,还是于胡适主张的白话文运动而言,都占有至关重要的地位。学者刘梦芙就曾指出,这首《沁园春·誓诗》是胡适诗作"前后期的分界线",接下来所作长篇白话诗《答梅觐庄——白话诗》,是胡适"跨出'尝试'的第一步"。学者施议对也有相似言论,谓《沁园春·誓诗》的"下半首(下片)为《去国集》之尾声,《尝试集》之先声"。

〔注释〕

① 制天而用之:语出《荀子·天论》:"大天而思之,孰与物畜而制之?从天而颂之,孰与制天命而用之?"指掌握或主宰自然规律而利用之。

② 搴旗:出自成语"斩将搴旗",语出《史记·刘敬叔孙通列传第三十九》:"叔孙通闻之,乃谓曰:'汉王方蒙矢石争天下,诸生宁能斗乎?故先言斩将搴旗之士。'""搴旗"指拔掉旗帜。

③ 臭腐:语出《庄子·知北游》:"万物一也,是其所美者为神奇,其所恶者为臭腐;臭腐复化为神奇,神奇复化为臭腐,故曰通天下一气耳。""臭腐"指腐败、丑恶的事物。辛弃疾《鹧鸪天》:"掩鼻人间臭腐场,古今惟有酒偏香。"

④ 簇新:有全新、极新之意。

〔评点〕

这是一首旧瓶装新酒的词作,胡适用旧文学文体,用词牌填词的形式,表达了其对旧文学、旧诗决裂而主张新文学的态度。这首词有着重要的文学史意义。第一,胡适首次以明确的语言点明了其反对"伤春、悲秋"的古人旧套路,主张以"乐观主义"入诗的诗学观念,传统题材的表现空间因此被明确打开。第二,特征更为明显的"白话入诗"的实践,进一步引领了其时文人以

"白话"这一新的语言形式表现新的精神内容的文学主张,也侧面触及了白话文在书面语中的工具性地位和作用。但是,这毕竟是一首旧瓶装新酒的词作,于旧体诗词的艺术表现方面而言,这首词在平仄、韵脚方面延续了《沁园春》词牌的格式规定,并未违背"倚声填词"的基本原则;而气魄非凡、痛快淋漓的词风,亦充分展现了《沁园春》这一词牌所应彰显的浑厚气格与宏大布局,这些都体现了胡适在旧体诗词创作方面的功力。同时,这也表明了胡适"文学革命"的主张,并非毫无节制,全盘西化,而是其在汲取传统宋诗主知主理,元诗语言浅白通俗基础上的有节制的变革与改造。

送叔永之行并寄杏佛

一

染于苍则苍,染于黄则黄。①
两千年的话,至今未可忘。
好人如电灯,光焰照一堂。
又如兰和麝②,到处留余香。

二

吾友任叔永,人多称益友。
很能感化人,颇像曲③做酒。
岂不因为他,一生净无垢。
其影响所及,遂使风气厚。

三

在绮可三年④,人人惜其去。
我却不谓然⑤,造人如种树。
树密当分种,莫长挤一处。
看他此去两三年,东方好人定无数。

四

救国千万事,造人为最要。

但得百十人，故国可重造。

眼里新少年，轻薄不可靠。

那得许多任叔永，南北东西处处到。

〔题解〕

　　这组诗写于1916年8月22日，后收入1939年亚东图书馆出版的《藏晖室札记》卷十四。诗前有序："读杏佛《送叔永之波士顿》诗，有所感，因和之，即以送叔永之行，并寄杏佛。"胡适在1916年1月31日写给H.S.威廉斯教授的信中，曾明确表示了自己的教育救国理念："吾一贯相信，通向开明而有效之政治，无捷径可走。持君主论者并不期望开明而有效之政治。革命论者倒是非常渴望，但是，他们却想走捷径——即通过革命。吾个人之态度则是，'不管怎样，总以教育民众为主。让我们为下一代，打下一个扎实之基础。'"以此观之，就不难理解这组诗中胡适将教育提到救国之上的言论。

〔注释〕

　　①染于苍则苍，染于黄则黄：语出《墨子·所染》："染于苍则苍，染于黄则黄，所入者变，其色亦变；五入必而已则为五色矣。故染不可不慎也。"本义是指如果用青色染料染白丝，白丝就会变成青色；如果用黄色染料，白丝就会变成黄色。后用来比喻外部环境对人的影响。

　　②兰和麝：即指兰花和麝脐香，两者都奇香无比。

③曲：酿酒或制酱时引起发酵的东西。
④在绮可三年：即指胡适在美国绮色佳的康奈尔大学读书的三年时光。
⑤谓然：以之为然，即以为是这样。［西晋］潘岳《西征赋》："此西宾所以言于东主，安处所以听于凭虚也，可不谓然乎？"

〔评点〕

借由褒赞即将离别的友人任叔永的高洁品质，胡适在这组诗中抒写了自己"教育救国"的理念。而当我们把视角放置于国内，投向鲁迅身上时，就会发现两者都将"立人"视作救国图存之不二法宝。鲁迅曾言，要使祖国能"生存两间，角逐列国"，就必须"首在立人，人立而后凡事举"。真可谓"天下智谋之士所见略同耳！"也正是他们对"教育""文化"的重视以及坚持，才使得之后振聋发聩的"新文化运动"在中国大地上开出了异常绚烂的花朵。

打油诗戏柬经农杏佛

老朱①寄一诗,自称仿适之。
老杨②寄一诗,自称白话诗。
请问朱与杨,什么叫白话。
货色不地道,招牌莫乱挂。

〔题解〕

　　这首诗写于1916年8月22日,后收入1939年亚东图书馆出版的《藏晖室札记》卷十四。胡适在同日日记中有注,曰:"杏佛送叔永诗有'疮痍满河山,逸乐亦酸楚''畏友兼良师,照我暗室烛。三年异邦亲,此乐不可复'之句,皆好。自跋云:'此铨之白话诗也。'经农和此诗寄叔永及余,有'征鸿金锁绾两翼,不飞不鸣气沉郁'之句。自跋云:'无律无韵,直类白话,盖欲仿尊格,画虎不成也。'"从胡适在1915年夏开始提出"文言为半死的文字"并主张"文学革命",到此时(1916年8月)友人朱经农与杨杏佛模仿创作白话诗,不逾一年。可以说,彼时胡适对"文学革命"主张的鼓吹已初见成效。

〔注释〕

　　①老朱:指友人朱经农,曾与胡适共同创办中国新公学。1916年,朱经农赴美深造,恰逢胡适、杨杏佛等人正激

烈讨论"文学革命"之事宜，便兴致勃勃地加入讨论，且与胡适"相谈甚欢"。

②老杨：指友人杨杏佛，字宏甫，江西清江县人。其在胡适提出"文言为半死的文字"这一观念之初，便拍手赞成。

〔评点〕

　　胡适以戏谑的口吻调侃了友人朱经农与杨杏佛所寄来的白话诗。这一方面反映了胡适于白话诗创作方面的权威地位，另一方面也体现了其时胡适提倡的"文学革命"在影响上已初显成效。但是于白话诗的具体做法而言，彼时与胡适关系最为密切的两位友人（朱经农与杨杏佛）亦不甚明了，模棱两可，以致出现了因理解有误而被胡适称为"乱挂白话诗招牌"的笑话。由此可见，胡适关于白话诗的细致理念与具体做法，仍需时日传播与普及。

窗上有所见口占

两个黄蝴蝶,双双飞上天。
不知为什么,一个忽飞还。
剩下那一个,孤单怪可怜。
也无心上天,天上太孤单。

〔**题解**〕

　　这首诗写于1916年8月23日。原载1917年2月1日《新青年》第2卷第6号。后又载于1917年6月《留美学生季报》夏季第2号时,改题目为《蝴蝶》。词后有跋:"这首诗可算得一种有成效的实地试验。"口占,指即兴作诗,不打草稿,随口吟诵出来。胡适在《四十自述·附录·逼上梁山》中曾回忆了写这首诗时的心绪:"有一天,我坐在窗口吃我自做的午餐,窗下就是一大片长林乱草,远望着赫贞江。我忽然看见一对黄蝴蝶从树梢飞上来;一会儿,一只蝴蝶飞下去了;还有一只蝴蝶独自飞了一会,也慢慢地飞下去,去寻他的同伴去了,我心里颇有点感触,感触到一种寂寞的难受,所以我写了一首白话小诗,题目就叫作《朋友》(后来才改作《蝴蝶》)。"至于"寂寞的难受"的具体所指,胡适在1916年9月4日写给胡近仁的书信中,曾言及希望"老叔以革命诗读之可也,一笑"。以此观之,这"感触"的具体内容应是自己"文学革命"理解之不被接受。

〔评点〕

　　借由对两只黄蝴蝶"聚散"过程的描写，胡适抒发了他淡淡的哀愁。如果仅从表面内容看，整首诗不过是对传统"梁祝式"凄美爱情的重复叙述罢了，毫无新意可言。但是不甘于文言束缚的胡适却又怎肯屈居于古典爱情模式之下，而不做突破？就这个层面而言，被"剩下"的"蝴蝶"实则隐喻了在"文学革命"中不被其他同伴认同的胡适，而"孤单怪可怜"之语在更为广阔的境界上而言，实则隐喻了作为"文学革命先驱者"的胡适的现代个体精神困境与焦虑。整首诗不但在内容上展现了现代人的精神境遇，而且就其形式而言，亦有所突破。

虞美人·戏朱经农

先生几日魂颠倒,他的书来了。虽然纸短却情长,带上两三白字又何妨。

可怜一对痴儿女,不惯分离苦。别来还没几多时,早已书来细问几时归。

〔题解〕

这首词写于1916年9月12日,后收入1920年3月亚东图书馆初版《尝试集》。词前有序:"朱经农来书云:'昨得家书,语短而意长;虽有白字,颇极缠绵之致。晨间复得一梦。于枕上成两词,录呈适之,以博一笑。'经农去国才四五月,其词已有'传笺寄语,莫说归期误'之句。于此可以窥见家书中之大意也。因作此戏之。"朱经农(1887—1951),原名有町,字经农,笔名澹如。其与胡适同创办中国新公学并出任日文教师兼教务干事。1916年春,至美国华盛顿担任留美学生监督处书记,这期间两人书信往来频繁。

〔评点〕

胡适以揶揄又稍带欣羡的口气调侃了朱经农夫妇隔洋相望、彼此思恋的感情。众所周知,戏谑之语的尺度,极难把握,多一分则显刻薄,少一分又难免"隔靴搔痒"。具体到这首词而言,胡适则凭借其对戏谑之语的精准拿捏，对友人朱经农开了一个极文雅的玩笑，博友人一笑的同时，也展现了自己幽默的才华。整首词与苏轼贺人得子的游戏之作《减字木兰花·惟熊佳梦》、刘克庄的《生查子·元夕戏陈敬叟》的情调颇为相似，即从生活中攫取幽默的素材，并以戏谑的口吻、诙谐的意趣加以表现，从而使得整首词风格疏放。另外，整首词依循了《虞美人》词调凡八句四转韵的音律格式，也有利抒发作者回环曲折的思想和感情，读来颇有新意。

打油诗一束（寄叔永觐庄）

居然梅觐庄，要气死胡适。
譬如小宝玉，想打碎顽石。①
未免不自量，惹祸不可测。
不如早罢休，迟了悔不及。

〔题解〕

这组诗写于1916年10月23日，选其一，后收入1939年亚东图书馆出版的《藏晖室札记》卷十四。诗前有序："觐庄有长书来挑战，吾以病故，未即答之。觐庄闻吾病，曰，'莫不气病了？'叔永以告，余因以此戏之。"胡适在序中提到梅觐庄写信来挑战，应是指梅觐庄在1916年8月8日写给胡适的书信。梅觐庄在信中这样写道："读致叔永书，知足下疑我欲与足下绝，甚以为异。足下前数次来片，立言已如斩钉截铁，自居为'宗师'，不容他人有置喙之余地矣。夫人之好胜，谁不如足下。足下以强硬来，弟自当以强硬往。处今日'天演'之世，理固宜然。此弟所以于前书特恃强项态度，而于足下后片之来竟不之答者也。"又言及"盖'新潮流'之真有价值者，断不久为识者所弃如是。足下须知'自由诗'之发生，已数年于兹，而并未稍得士大夫赏颜，此好自由之欧美所不习见者也。其诗之无价值，可知矣"。以此观之，此时，梅觐庄与胡适两人关于"白话文学"的论争，已到了剑拔弩张的地步。

〔注释〕

①譬如小宝玉，想打碎顽石：指的是《红楼梦》中贾宝玉初见神仙似的林黛玉，询问其是否有玉，林黛玉答曰无，贾宝玉便摘下玉狠命摔在地下："什么稀罕物！"胡适在这里借用这一情节，用"小宝玉"来借代友人梅觐庄，"打碎顽石"借代梅觐庄不赞成其"文学革命"的主张。

〔评点〕

由这首打油诗，胡适表达了希望友人梅觐庄加入"文学革命"阵营的愿望。"亦正亦谐"（即"正襟危坐"与"戏谑调侃"并举）的口气、洋溢于字里行间的自信，都体现出了彼时胡适于白话文学思想与白话新诗创作的自信。事实也证明，在胡适写就这首打油诗的同时，他已将自己关于"文学革命"的思想汇聚成比较系统的看法，并写信给陈独秀，提出了于当时而言震惊朝野，于后世而言影响深远的"文学改良八事"主张。按施议对的说法，这是一首以《生查子》词调谱写而成的词，前四句为上阕，后四句为下阕，上下两阕均协入声韵，即两句一协的隔句押入声韵，可谓韵法协律。

月 诗

一

明月照我床,卧看不肯睡。
窗上青藤影,随风舞娟媚①。

二

我爱明月光,更不想什么。
月可使人愁,定不能愁我。

三

月冷寒江静,心头百念消。
欲眠君照我,无梦到明朝。

〔题解〕

　　这组诗写于1916年12月6日,原载于1917年2月1日《新青年》第2卷第6号,后载于1917年6月《留美学生季报》夏季第2号时,改题目为《十二月五夜月》。胡适在同日日记中记载:"数月以来,叔永有《月诗》四章,词一首,杏佛有《寻月诗》《月诉词》,皆抒意言情之作。其词皆有愁思,故吾诗云云。"

〔注释〕

①娟媚：清秀妩媚的样子。〔清〕林纾《畏庐琐记·唐六如画》："书法娟媚入骨，后此见六如真本十数，实以幼时所见为第一。"

〔评点〕

这是一组咏月之诗。通过单纯性地展现明月之貌——把月亮本身作为吟咏的对象，胡适树立起了"月亮"意象在咏月诗中的主体性地位，并一扫以往"咏月诗"以咏月之名行思念之实的行径。但是，除却上述"为月亮正名"的现代诗学观念是对前人诗的颠覆之外，其他诸如语言、意境、情趣的追求等则是对古人诗的全盘照搬。就其语言而言，如果说这组诗里的"明月照我床"尚且是由李白的"床前明月光"与王安石的"明月何时照我还"脱胎而来的半文半白的语言的话，那么"欲眠君照我"之句则直接是文言入诗。至于对"物我合一"意境的营造与寻求宁静、淡泊生活情趣的表现而言，这组诗与古人诗更是毫无二致。以此推之，这组诗亦集中反映了彼时胡适思想的矛盾性，即一方面他早已明确表示"文学革命"就是以白话代替文言的语言形式的革命；但是另一方面，在实际写白话诗的过程中，他却又始终无法摆脱文言诗句的影响。而当胡适本人后来再来回顾这段"白话诗革命"的最初开端时，他自己也坦言，这一时期自己所创作的白话诗只是旧时妇女的"放脚鞋样"而已。

沁园春·二十五岁生日自寿

弃我去者,二十五年,不可重来。看江明雪霁①,吾当寿我,且须高咏,不用衔杯②。种种从前,都成今我,莫更思量更莫哀。从今后,要怎么收获,先那么栽。

忽然异想天开。似天上诸仙采药回。有丹能却老③,鞭能缩地④,芝能点石,触处金堆⑤。我笑诸仙,诸仙笑我,敬谢诸仙我不才。葫芦里,也有些微物⑥,试与君猜。

〔题解〕

这首词写于1916年12月17日,原载于1917年6月1日北京《新青年》第3卷第4号时,改题目为《生日自寿》。后收入1920年3月亚东图书馆初版《尝试集》时,加小序,又改题目为《二十五岁生日自寿》。词前有序:"五年十二月十七日,是我二十五岁的生日。独坐江楼,回想这几年思想的变迁,又念不久即当归去,因作此词,并非自寿,只可算是一种自誓。"遥想"去年今日此门中",胡适仍为如何劝服周围友人,诸如梅觐庄、杨杏佛、朱经农,而作诗句"诗国革命何自始?要须作诗如作文""愿共勠力莫相笑,我辈不做腐儒生"(《和任叔永再赠诗》)苦苦反驳,而今年稍早时候的9月份,自己便在《新青年》上发表了自己的"改良八事"主张,且后陈独秀复信,言及"尊论改造新文学意见,甚佩甚佩"。此中变幻真可谓波谲云诡。而这一切，又都发生在二十五岁的胡适身上。少年得意恐不逾此！以此观之，词中展现出的恢宏气势、瑰丽想象、风发意气，便正是彼时胡适内心之真实写照。

〔注释〕

①雪霁：指雪消雾散天气放晴。［宋］姜夔《扬州慢（淮左名都）》："夜雪初霁，荠麦弥望。"

②衔杯：以口就杯，指饮酒。陆游《连日往来湖山间颇乐即席有作》："莫问此生犹几屐，但知相遇且衔杯。"

③却老：即延缓衰老。见《黄帝内经·素问·上古天真论》："夫道者，能却老而全形，身年虽寿，能生子也。"

④缩地：缩短地之间的距离。见［晋］葛洪《神仙传·壶公》："房有神术，能缩地脉，千里存在，目前宛然，放之复舒如旧也。"旧时指术士化远为近的法术。后用来比喻友人思念故乡。这首词里的"缩地"是指胡适自认为自己在白话诗创作方面也还有些才能。［唐］元稹《和乐天早春见寄》："同受新年不同赏，无由缩地欲如何。"

⑤芝能点石，触处金堆：化用自典故"点石为金"。语出［汉］刘向《列仙传》："许逊，南昌人。晋初为旌阳令，点石化金，以足逋赋。"常用来比喻修改文章，化腐朽为神奇。这里则是指胡适对于"文学革命"主张的提倡，能起到改变全局的作用。［明］陈济生《怀友》："真相烟霞凭点石，空明日月待传灯。"

⑥微物：细小的东西。这里指胡适对自己"文学革命"主张的自谦。《韩非子·外储说左上》："臣为削者也，诸微物

必以削削之，而所削必大于削。"

〔评点〕

如胡适所言，这是一首"自誓"词：审视过去——他告诫自己"莫更思量莫更哀"，畅望未来——他劝励自己"先那么栽"，面对当下——他总结自己"也有些微物"。借由生日当天"吾省吾身"的"自誓"行为，胡适警醒自己要秉乐观主义之情怀，以锐意进取之态度，继续奋然开拓未来。

这首词在艺术上颇具特色。首先，整首词的情感建构，并不是依照纵向时间轴铺衍开来，而是以突出现时性时间的设定展开。这打破了既定审美习惯，给人以耳目一新感受的同时，也起到了凸显现时"白话诗运动"成绩斐然的作用。其次，首句仿李白诗《宣州谢朓楼饯别校书叔云》首句"弃我去者，昨日之日不可留。乱我心者，今日之日多烦忧"的句式，使得整首词开篇宏大。第三，"看"与"有"两字的"一字领"作用得到充分发挥。具体而言，上下阕"看"与"有"字各统领之后六个四言句和一个七言句，造就一种纵览今昔的浩大气势的同时，亦突显了"文学革命"的现"有"丰功伟绩。第四，整首词在韵律表现方面合乎传统章法，上阕押四平韵，下阕押四平韵，从而使得整首词充满音律和谐美。最后，整首词想象奇崛，语言诙谐，意象雄伟，气魄宏大。

沁园春·过年

江上老胡①,邀了老卢②,下山过年。碰着些朋友,大家商议,醉琼楼③上,去过残年。忽然来了,湖南老聂,拉到他家去过年。他那里,有家肴市酿④,吃到明年。

何须吃到明年?有朋友谈天便过年。想人生万事,过年最易,年年如此,何但今年。踏月江边,胡卢归去,没到家时又一年。且先向,贤主人夫妇,恭贺新年。

〔题解〕

这首词写于1917年1月1日,后收入1939年亚东图书馆出版的《藏晖室札记》卷十五。这一年是胡适留美的第七年,也是他从康奈尔大学转入纽约哥伦比亚大学师从杜威学习实用主义理论的第二年。

〔注释〕

①老胡:即胡适,这里胡适用口语化的称谓来称呼自己。
②老卢:胡适在《中国公学校史》中曾说,"熊克武先生,不但和我同学,还和我同住过,我只知道他姓卢,大家都叫他'老卢',竟不知道他姓熊"。但是依熊克武年谱,1917年元旦时,其正出任重庆镇守使。所以,"老卢"并非胡适在中国公学时期的同学熊克武,至于其具体所

指，因资料缺乏，已不得而知。

③琼楼：见〔唐〕段成式《酉阳杂俎》："翟天师名乾祐，峡中人。……曾于江岸，与弟子数十玩月。或曰：'此中竟何有？'翟笑曰：'可随吾指观。'弟子中两人见月规半天，琼楼金阙满焉，数息间，不复见。""琼楼"即是传说中神仙所居阁楼，常指月中宫殿。这里代指酒栈。〔唐〕皮日休《腊后送内大德从勖游天台》："梦入琼楼寒有月，行过石树冻无烟。"

④家肴市酿：肴指鱼肉。酿，即发酵后的酒。"家肴市酿"即为可口的饭菜。

〔评点〕

胡适在这首词中以大白话式的语言，记叙了自己与一众友人到"湖南老聂"家里过新年的情景。这其中的自由、惬意享受新年之姿，一扫以往同类诗词中"独在异乡为异客，每逢佳节倍思亲"的陈词滥调，使得整首词散发出一种清新之意，而"有朋友谈天便过年"之语，则彰显出胡适对世俗生活情调的超越，对个体生命本质的感悟。押同一字"年"韵的做法，使得整首词在韵律方面颇显和谐的同时，亦不断点"年"题，体现了彼时胡适在旧体诗词创作方面手法已十分老辣。

沁园春·新年

早起开门,送走病魔,迎入新年。你①来得真好,相思已久,自从去国,直到今年。更有些人,在天那角,欢喜今年第七年②。何须问,到明年此日,谁与过年。

回头请问新年,哪能使今年胜去年。说少做些诗,少写些信,少说些话,可以长年。莫乱思谁,但专爱我,定到明年更少年。多谢你,且暂开诗戒③,先贺新年。

〔题解〕

这首词写于1917年1月2日,原载1917年《留美学生季报》夏季号,后收入1939年亚东图书馆出版的《藏晖室札记》卷十五。词前有序:"蒋竹山(捷)有《声声慢》一词,全篇韵脚尽用声字。以吾所知,此为创体。自竹山以来,似无用之者。今年元旦,吾病中曾用此体作《沁园春》一阕,全篇以年字押韵(兹不录)。明日,复用此体作此词。皆'尝试'也。"胡适在1917年1月17日写给母亲的信中,重录这首词,并言"前日得第八号信及冬秀之信,甚为喜慰。儿近感时症,得重伤风之恙已十余日,尚未全好。病中得家书,喜可知也。……冬秀信甚好,此信较其几年前在吾家所作寄其祖母之信,胜几十倍矣。……儿婚事之预备,望吾母不必早日为之,俟儿归国时再为之不迟也"。

〔注释〕

①将胡适写于1917年1月16日的诗《病中得冬秀书（其一）》："病中得他书，不满八行纸。全无要紧话，颇使我欢喜。"与这首词"早起开门，送走病魔"两相结合分析，这里的"你"应指的是江冬秀本人或是江冬秀写给胡适的信。

②胡适从1910年通过留学考试到美国读书，至今已经是第七个年头。因此，这句话更多指的是祖国或者家乡许多人都盼着胡适今年学成归国。

③暂开诗戒：胡适对待作诗的态度，至此首词为止，可谓"三开三戒"。早在1911年2月1日的日记中，胡适便言及"余初意以后不复作诗，而入岁以来，复为冯妇，思之可笑"。这之后的1914年5月25日日记中，胡适又写到自己"久不作律诗，以为从此可绝笔不作近体诗矣，今为叔永故，遂复为冯妇，叔永之罪不小也，一笑"。至于这首词中的"暂开诗戒"，可看作是其第三次开诗戒。

〔评点〕

这首词的写作动机颇有应答江冬秀来信之意味。胡适以坚定的语气劝励江冬秀"莫乱思谁"的同时，也以乐观的笔调隐约勾勒出归国后自己的功成名就。而由词中"暂开诗戒"之语，则可窥见胡适实用主义哲学的理念，即戒诗为"通常之泛论"，而开戒作诗是解决具体问题的"特别之真理"。这首词押一个"年"字韵脚，音律和谐，用语通俗，是一首典型的白话词。

采桑子慢·江上雪

　　正嫌江上山低小，多谢天工，教银雾重重，收向空蒙①雪海中。　　江楼此夜知何梦，不梦骑虹，也不梦屠龙②，梦化尘寰③作玉宫④。

〔题解〕

　　这首词写于1917年1月13日，原载1917年6月1日《新青年》第3卷第4号。后收入1939年上海亚东图书馆出版的《藏晖室札记》卷十五。词后跋云："此吾自造调，以其最近于《采桑子》，故名。"

〔注释〕

①空蒙：指雾气弥漫的样子。苏轼《饮湖上初晴后雨》："水光潋滟晴方好，山色空蒙雨亦奇。欲把西湖比西子，浓妆淡抹总相宜。"

②屠龙：语出《庄子·列御寇》："朱泙漫学屠龙于支离益，殚千金之家，三年技成，而无所用其巧。"本义指宰龙，后用来比喻技艺高超但无实用价值，又或者指怀才不遇。韩愈《岳阳楼别窦司直》："屠龙破千金，为艺亦云亢。"

③尘寰：指人世间。［唐］权德舆《送李城门罢官归嵩阳》："归去尘寰外，春山桂树丛。"

④玉宫：因明月如白玉，故称月宫为"玉宫"。［唐］李贺《天上谣》："天河夜转漂回星，银浦流云学水声。玉宫桂树花未落，仙妾采香垂珮缨。"

〔评点〕

　　这是一首江楼观雪词。上阕摹"矮山入雪海"之实景，下阕状由上阕实景所诱发和开拓的梦境——"尘寰化玉宫"之虚景。这一虚实相生手法的使用，使得整首词意境空灵超妙、意象雄浑开阔，大有李白《梦游天姥吟留别》俊逸高畅、飘扬欲仙之遗风。依胡适言，此词为"自造调"，但是细观之，此词只是在原调《采桑子》的基础上（整首词上下阕各四句，各押三平韵），于上下阕的第三句各添加一字而已。

病中得冬秀书(选二)

一

病中得他书①,不满八行纸。
全无要紧话,颇使我欢喜。

二

岂不爱自由?此意无人晓:
情愿不自由,也是自由了。②

〔题解〕

　　这两首诗写于1917年1月16日,后收入1920年3月亚东图书馆初版《尝试集》。胡适在是年元旦前后感染风寒,身体不适。其于病榻萎靡之际,恰逢安徽家中早已定亲却未过门之未婚妻江冬秀写信嘘寒问暖,所谓"病中得家书,喜可知也"。胡适在病症减轻后,便大加赞赏冬秀来信,言及"冬秀信甚好,此信较其几年前在吾家所作寄其祖母之信,胜几十倍矣",并"作诗记之"。(录自胡适在1917年1月17日写给母亲的家信)

〔注释〕

　　①病中得他书:指江冬秀在1917年元旦前后写给胡适的家书。
　　②情愿不自由,也是自由了:胡适对这一颇有自我劝服色彩

话语的阐释，最集中体现在他于1921年8月30日与友人高梦旦的谈话中。胡适这样说，"当初我并不曾准备什么牺牲，我不过心里不忍伤几个人的心罢了。假如我那时忍心毁约，使这几个人终身痛苦，我的良心上的责备，必然比什么痛苦都难受。其实我家庭里并没有什么大过不去的地方。这已是占便宜了。最占便宜的，是社会上对于此事的过分赞许；这种精神上的反应，真是意外的便宜。我是不怕人骂的，我也不曾求人赞许，我不过行吾心之所安罢了，而竟得这种意外的过分报酬，岂不是最便宜的事吗？若此事可算牺牲，谁不肯牺牲呢？"可以说，胡适正是凭借"情愿不自由，也是自由了"，这一种以近乎拧巴的自我说服之话语，安抚着其对自身旧式封建婚姻的遗憾，并以欺瞒之势维持着看似"平和"的心境。

〔评点〕

胡适以略带自我劝慰的口气，记录下了彼时自己对中国传统旧式婚姻的勉强接受。这不仅表明了胡适个人于西方自由与东方礼教之间徘徊的矛盾心情，同时也更深层次地展现了"五四"时期一代知识分子（如鲁迅、茅盾、叶圣陶、朱自清等）的尴尬精神处境和痛苦文化选择——于抽象文化层面，他们呼唤个性主义；但是在关乎个人命运的具体婚恋问题上，他们却又退回旧式婚姻的樊笼。

生查子

前度月来时,仔细思量过。今度月重来,独自临江坐。
风打没遮楼,月照无眠我。从来没见他①,梦也如何做。

〔题解〕

这首词写于1917年3月6日,原载于1917年6月1日北京《新青年》第3卷第4号。后收入1920年3月亚东图书馆初版《尝试集》。

〔注释〕

① 据张充和指认,这个"他"指的是江冬秀。因为在1956年9月时,胡适曾到柏克莱加州大学讲学,并到张充和夫妇家中拜访。张充和后来回忆说,"胡先生那天在他们家写的旧作白话诗写于婚前,诗中的'他'是胡夫人江冬秀女士"。(据董桥编《旧日红》中《胡适的字》一文)

〔评点〕

这是一首对月咏怀之作,但胡适却一反传统咏怀诗词对个人苦闷的强调,而是着重展现了其在见到未曾谋面的江冬秀(未婚妻)之前的艰难心理建设过程。且看由"前度"月夜之"思量"到"今度月重来",这期间无数次的"仔细思量"与"梦也如何做"的焦灼心理状态，无不表明了胡适在"自我否定与批判"（在以包办婚姻为旨归的封建婚姻制度下，胡适对自身追求婚姻自由理念的否定）与"自我肯定与认同"（在西学知识结构下，胡适对旧式婚姻的反抗与对追求自由恋爱的肯定）之间的摇摆。更进一步而言，这一矛盾心理状态也展现了胡适在包办婚姻这一具体事实所展现的中西文化碰撞氛围里，对其个人身份认同的艰难。整首词上下阕各押两仄韵格，合乎章法，语言浅近，词风平易自然。

艳歌三章

一

飞鸟过江来,投影在江水。
鸟逝水长流,此影何尝徙①?

二

风过镜平湖,湖面生轻皱②。
湖更镜平时,毕竟难如旧。

三

为他③起一念,十年终不改。
有召即重来,若亡而实在。

〔题解〕

这组诗写于1917年3月6日,原载于1918年1月15日《新青年》第4卷第1号时,将题目改作《景不徙篇》。诗前有序:"《墨经》云,'景不徙,说在改为'。经说云,'景,光至景亡;若在,尽古息'。《列子》公子牟云,'景不徙,说在改也'。《庄子·天下》篇曰,'飞鸟之影未尝动也'。今用其意,作诗三章。"墨子的"景不徙"理论,其实就是"影不徙"理论,即影子是不会随着物体的运动而移动的。因为当物体移动时,前影消失,后影产生。而人们通常看到的影子的移动,其实只是前影不断消失,后影不断产生的连续过程。

〔注释〕

①徙:《说文解字》曰:"徙,迻(移)也。"即"徙"的本义为迁移。《汉书·霍光传》:"客谓主人:'更为曲突,远徙其薪,不者,且有火患。'"

②皱:指湖面泛起的波纹。[南唐]冯延巳《谒金门》:"风乍起,吹皱一池春水。"

③他:一说指"人",或韦莲司,或陈衡哲,或其他什么人。二说指"祖国"。

〔评点〕

这是一组以墨子"景不徙"理论为底蕴的哲理诗,延续了彼时胡适诗的一贯说理风格。第一首复述了"飞鸟动,影未动"的"景不徙"理论(《墨经·经下》:"景不徙,说在改为"),第二首将"景不徙"理论中的"鸟"与"影"的意象,分别换作"风"与"绉"的意象,继续复述,第三首则在前两首的基础上,延伸与阐发了胡适如"飞鸟影未动"般"十年终不改"的坚定信念。这组诗对仗工整,各部分承接紧密,"寓深邃哲理于平常诗语"的艺术手法,使得诗中理念的传递给人以"随风潜入夜,润物细无声"之感。这三章饱含哲理的诗,也给了日后李敖人生箴言式的启示。李敖认为它:"理中抒情,言志不如抒情,情之所在,虽风流云散,虽人琴俱杳,但在一念之转的刹那,碧海青天,却也快然无失。好景也长,只看你如何看待它。智者达者从不伤逝,'逝者如斯,而未尝往也'。只要你不以亡而亡,一切若亡的,都凌虚而实在。"

沁园春·新俄万岁

客子①何思，冻雪层冰，北国名都②。想乌衣蓝帽③，轩昂年少，指挥杀贼，万众欢呼。去独夫"沙"④，张自由帜，此意于今果不虚。论代价，有百年文字，多少头颅。

冰天十万囚徒，一万里飞来大赦书⑤。本为自由来，今同他去，与民贼战，毕竟谁输！拍手高歌，新俄万岁，狂态君休笑老胡。从今后，看这般快事，后起谁欤？

〔题解〕

这首词写于1917年4月17日，原载1917年6月1日北京《新青年》第3卷第4号。词前有序云："俄京革命时，报记其事。有云'俄京之大学生杂众兵中巷战，其蓝帽乌衣，易识别也'。吾读而喜之，因撷其语作《沁园春》词，仅成半阕，而意已矣，遂弃置之。谓且俟柏林革命时再作下半阕耳。后读报记俄政府大赦党犯，其自西伯利亚召归者，盖十万人云。夫放逐囚拘十万男女志士于西伯利亚，此俄之所以不振而'沙'之所以终倒也。然爱自由谋革命者乃至十万人之多，囚拘流徙，挫辱惨杀而无悔，此革命之所以终成，而新俄之前途所以正未可量也。遂续成前词以颂之，不更待柏林之革命消息矣。"这首词里描述的俄国革命，指的是发生于1917年2月（俄历）的俄国二月革命，而非发生于1917年11月的十月革命。俄国爆发的这次二月革命，推翻了罗曼诺夫王朝，结束了俄国的封建专制统治。又因其发生于一战期间，所以它的胜利，促进了包括中国在内的周边国家被压迫人民争取民主权利和民族解放的革命运动的高涨。关于毛泽东在1936年2月创作的《沁园春·雪》是否受到胡适这首《沁园春·新俄万岁》的影响，因两位当事人的先后离世，便成为公案一桩。站在肯定"毛泽东受胡适词影响"一方的美籍华人周策纵，在1977年8月5日写给唐德刚（胡适学生）的信中，言及"毛的'沁园春'咏雪一词，实曾受过胡的'沁园春'（新俄万岁）一词的相当影响，蛛丝马迹，不可没也"。如"主题雪，及头三句：'北国风光，千里冰封，万里雪飘'，即涉胡'冻雪层冰，北国名都'句转变而来，字迹显然。毛词'千里''万里'，也可能受了胡'一万里飞来'词句的暗示。胡有'冰天十万'之语，毛则说'冰封'和与'天公'比高。毛之'红妆素裹，分外妖娆'，正由胡的'乌衣蓝帽，轩昂年少'脱胎而来"。但是也有于语和等学者指出，"这种说法是不符合历史事实的猜度之词，是没有根据的"（于语和《毛泽东与胡适交往述评》），从而否定毛泽东《沁园春·雪》受胡适此词的影响。

〔注释〕

①客子：原指远离家乡戍守边关的士卒，这里指代胡适本人。

②北国名都：这里指沙俄时期的俄国首都圣彼得堡。

③乌衣蓝帽：原是俄国二月革命中大学生穿着的服装，这里用"乌衣蓝帽"指代参加俄国二月革命的少年。

④去独夫"沙"：独夫，指残暴无道、众叛亲离的统治者；

"沙"指封建专制的沙皇统治。这句话的意思是要推翻沙皇俄国的封建专制统治。

⑤这句话应是指二月革命成功后的俄国政府,释放了曾经遭到沙俄政府流放至西伯利亚的十万名政治犯。

〔评点〕

　　这是一首咏俄国二月革命的词,胡适旗帜鲜明地表达了其对"俄国终成民主耳"的欣慰与赞叹。据李敖在《胡适研究》中言,这首词亦反映了青年时代的胡适"歌颂新俄"的思想倾向。或许更深层次而言,对俄国革命的强烈认同,也体现出了青年时代的胡适将俄国作为中国建立现代民主国家的想象资源,希冀通过"俄国模式"来建立同样"乌托邦式"现代中国的观念。上阕的"一字领""想"字,颇显胡适视野宏大,胸襟开阔,意气风发。这首词在艺术方面最显著的特点在于:将表数量之庞大、程度之深广的数词、形容词"万、百、大"等放置于"民众、文字、书"等意象前面,从而造就了整首词意象宏大,壮美雄奇,意境雄浑的整体风貌。

文学篇（别叔永杏佛觐庄）

一

我初来此邦①，所志在耕种②。
文章真小技，救国不中用。
带来千卷书，一一尽分送。
种菜与种树，往往来入梦。

二

匆匆复几时，忽大笑吾痴。
救国千万事，何事不当为。
而吾性所适，仅有一二宜。
逆天而拂性③，所得终希微④。

三

从此改所业，讲学复议政⑤。
故国方新造，纷争久未定。
学以济时艰，要与时相应。
文章盛世事，今日何消问。

四

明年任与杨⑥，远道来就我。

山城风雪夜,枯坐殊未可。
烹茶更赋诗,有倡还须和。
诗炉久灰冷,从此生新火⑦。

五

前年任与梅,联盟成劲敌⑧。
与我论文学,经岁犹未歇。
吾敌虽未降,吾志乃更决。
暂不与君辩,且著尝试集⑨。

六

回首四年来,积诗可百首。
做诗的兴味,大半靠朋友。
佳句共欣赏,论难见忠厚。
如今远别去,此乐再难有。

七

暂别不须悲,诸君会当归。
请与诸君期,明年荷花时。
春申江⑩之湄,有酒盈清卮⑪。
无客不能诗,同作归来辞。

〔**题解**〕

这组诗写于1917年6月1日。诗前有序:"吾将归国,叔永作诗赠别。有'君归何人劝我诗'之句。因念吾数年来之文学的兴趣,多出于吾友之助。若无叔永、杏佛,定无《去国集》。若无叔永、觐庄,定无《尝试集》。感此作诗别叔永、杏佛、觐庄。"后收入1920年3月亚东图书馆出版《尝试集》时,有注:"吾初至美国,习农学一年半,后改入文科习政治经济,兼治文学哲学,最后乃专治哲学。"1917年5月22日,胡适参加博士学位最后考试。5月29日,胡适向杜威辞行。而在写作这组诗的八天之后,即6月9日,胡适离开纽约,正式踏上归国之旅。也正是在此离别之际,胡适特作诗一组,感谢曾经在文学上给予其莫大帮助的任叔永、杨杏佛、梅觐庄这三位友人。

〔**注释**〕

①此邦:指美国。

②所志在耕种:指胡适初到美国康奈尔大学时选读农科。胡适在《四十自述》中,曾言及"我的选择是根据中国盛行的,谓中国学生需学点有用的技艺,文学、哲学是没有什么实用的这个观念。但是也有一个经济的动机:农学院当初不收学费,我心想我或许还能够把每月的生活费节下一部分来汇给我的母亲"。

③拂性:语出《礼记·大学》:"好人之所恶,恶人之所好,是谓拂人之性,灾必逮夫身。"指违反人的本性或本意。

④希微:语出《老子》:"听之不闻名曰希,搏之不得名曰微。"指空寂玄妙或虚无微茫。[晋]陆云《荣启期赞》:

"溯怀玄妙之门，求意希微之域。"

⑤指1912年春，胡适由康奈尔大学农学院转入文学院，改学哲学、政治、经济、文学。

⑥任与杨：指胡适的好友任叔永与杨杏佛。

⑦新火：指胡适提倡的"文学革命"。

⑧指1915年夏，胡适提出"文学革命"的主张后，任叔永、梅觐庄与其在"诗学革命"论题上所持意见不同，因而与之辩论的情况。

⑨尝试集：即《尝试集》，是中国现代文学史上第一部白话诗集，开新文学运动之风气，是胡适里程碑式的著作。

⑩春申江：长江下游支流黄浦江的别称，简称申江，据传战国时楚春申君黄歇疏凿此江，故名。

⑪清卮：饮酒器具的美称。［南朝·齐］谢朓《和伏武昌登孙权故城诗》："清卮阻献酬，良书限闻见。"

〔评点〕

以"习农到改习政治终至文学哲学"之"专业转换"为着眼点，胡适在这组诗里大篇幅地呈现了自己于美国七年的留学生活。更深层次而言，专业方向的频繁转换（七年换三个专业），折射出彼时深受西方自由、启蒙思想影响的中国留学知识分子（如胡适、鲁迅）主体意识的不断觉醒，以及"突破前人器物、制度层面的有限借鉴"，希图通过"思想和文化以解决问题"的"观念层面的整体性反思"的倾向（王瑞《鲁迅胡适文化心理比较——传统与现代的徘徊》中语）。

百字令

　　几天风雾，险些儿把月圆时辜负。待得他来，又还被如许浮云遮住。多谢天风，吹开明月，万顷银波怒。孤舟载月，海天冲浪西去。

　　念我多少故人，如今都在明月飞来处。别后相思如此月，绕遍地球无数。几颗疏星，长天空阔，有湿衣凉露。低头自语，吾乡真在何许。

〔**题解**〕

　　这首词写于1917年7月4日，后收入1920年3月亚东图书馆初版《尝试集》。词前有序："六年七月三夜，太平洋舟中。见月，有怀。"胡适在1917年6月21日登上名为"日本皇后"的轮船，启程回国。至7月3日夜，因其"在海上十余日，此为第一次见月。与慰慈诸君闲步甲板上赏月，有怀美洲诸友"，遂"作一词邮寄叔永、杏佛、经农、亦农、衡哲诸君"，且言"陆放翁词云：'……重到故乡交旧少。凄凉。却恐他乡胜故乡。'此即吾'吾乡真在何许'之意"。（胡适《归国记》）

〔**评点**〕

　　这是一首对月咏怀的词。上阕状"孤舟载月"之景，下阕抒"思念友人"之情。词中将"相思"之虚情用"月绕地球"之实景承载与展现的艺术手法，使得原本生硬的"天文知识"以绵软化意象的方式呈现，从而很好地化哲理于柔情，并达到了情理并举的和谐效果。以"儿"这一现代汉语虚词入词，但却将其视作实词使用的行为（只有将"儿"视作实词时，整首词方才合《百字令》词牌字数的一般规定），或许在胡适的整个旧体诗词创作过程中异常少见，但是由此个别现象或许还是可以窥见：伴随着胡适对其"文言合一"观念的不断倡导，他以现代汉语虚词入新诗的手法也（自觉或不自觉地）流露于传统旧体诗词创作中，只是这一虚词"儿"并没有真正起到破坏这首词原有稳定结构，并使其散文化的作用。换句话说，相比"现代汉语虚词大量入新诗直接影响了新诗形式的现代转变"（王泽龙《现代汉语虚词与新诗形式变革》中语），"现代汉语虚词入旧诗"之后，对旧体诗词的影响与改变是微乎其微的。这或许反映出以"白话诗开拓者"形象出现的胡适，亦无法摆脱古典诗词"影响的焦虑"。

《百字令》又称《念奴娇》，两者属"同体异名"。整首词上下阕各押四仄韵，合乎章法，但是其句读结构并不完全符合传统意义上的《念奴娇》结构要求。

如梦令

一

他①把门儿深掩。不肯出来相见。难道不关情,怕是因情生怨。休怨。休怨。他日凭君发遣。

二

几次曾看小像。几次传书来往。见见又何妨,休做女孩儿相。凝想。凝想。想是这般模样。

三

天上风吹云破。月照我们两个。问你去年时,为甚闭门深躲。谁躲?谁躲?那是去年的我。

〔题解〕

词前小序云:"去年八月作《如梦令》两首。"最后一首有序云:"今年八月与冬秀在京寓夜话,忽忆一年前旧事,遂和前词,成此阕。"胡适在1917年7月10日抵达阔别七年之久的上海,之后其在八月,到安徽旌德看望未婚妻江冬秀。关于两人初次见面的过程,胡适在1921年8月20日的日记中这样记载:"我回国之后,回到家中,说明年假时结婚,但我只要求一见冬秀，为最低限度的条件。这一个要求，各方面都赞成了。我亲自到江村，他家请我吃酒，席散后，我要求一见冬秀。他的哥哥耘圃陪我到她卧房外，他先进房去说，我坐在房外翻书等着。我觉得楼上楼下暗中都挤满了人，都是要'看戏'的！耘圃出来，面上很为难，叫七都的姑婆进去劝冬秀。姑婆（吾母之姑、冬秀之舅母）出来，招我进房去，冬秀躲入床上，床帐都（放）下，姑婆要去强拉开帐子，我摇手阻住她，便退了出来。耘圃招呼我坐，我仍翻书与他乱谈，稍一会，我便起身与他出来。"

〔注释〕

①他：指江冬秀。因指代女性的第三人称"她"字，要等到五四时期才被创造并出现于现代汉语中，所以彼时的国人还是以"他"来指代男女两性。

〔评点〕

这组词完整地展现了胡适与江冬秀两人由陌生到喜结连理的过程。用白话口语和问答式对话对两人内心活动的贴切展现，是整组词的最大特色，尤其是最后三句女方之答言——"谁躲？谁躲？那是去年的我"，羞怯中带着一丝倔强的辩驳，娇嗔中又饱含着对丈夫的一腔深情，给人以极致的美感。但是，这三首词都有着明显模仿的痕迹，尤其最后一首更是模仿南宋词人向镐《如梦令》："谁伴明窗独坐，我和影儿两个。灯烬欲眠时，影也把人抛躲。无那，无那，好个凄惶的我。"但是不可否认的是，整首词呈现出的节奏温婉、情感细腻、文采轻盈的美感，是完全建立在胡适对白话填词手法的娴熟使用基础之上的，而这是其他任何对古典诗词的简单模仿都无法企及的。

爱情与痛苦

也想不相思,可免相思苦。
几次细思量,情愿相思苦。

〔题解〕

　　这首诗写于1919年6月28日,原载1919年7月6日《每周评论》第29号。词后有跋云:"有一天,我在张慰慈的扇子上,写了两句话:'爱情的代价是痛苦,爱情的方法是要忍得住痛苦。'陈独秀引我这两句话,做了一条随感录(《每周评论》25号),加上一句按语道:'我看不但爱情如此,爱国爱公理也都如此。'这条随感录出版后三日,独秀就被军警捉去了,至今还不曾出来。我又引他的话,做了一条随感录(《每周评论》28号),后来我又想这个意思可以入诗,遂用'生查子'词调,做了这首小诗。"收入第二版《尝试集》时改题为《小诗》。
　　陈独秀因在新世界广场散发传单,而于1919年6月11日晚被捕。而除此直接原因外,更重要的是"因为他是一个极大的学者,他抱定了要求解放和改造的主张;他要贯彻他的主张;为一个国家,和一个国家的国民求幸福"(1919年7月11日第3张4版《时事新报》,署名罕如)。在此背景下,再来仔细审视这首词,其中"相思"之语就不能简单理解成为男女相思之情,而应是隐喻个人、国民于国家的"大爱"。

〔**评点**〕

  表面上看，这首诗是胡适描写坠入情网中恋人的相思之苦，但是结合当时陈独秀因高喊爱国口号而被捕的时事背景来看，胡适其实是借由"爱国爱公理"对"爱情"的隐喻，表达了其与陈独秀相同的爱国思想，即为了国家富强，他们情愿为此付出痛苦代价的情怀。这首诗的诗风延续了胡适的说理性风格，而重叠缠绵的语言——诗中每小句之间重复"思"字，造就了一咏三叹、反复吟唱的效果，增加了整首诗的感情浓度。此诗以爱情托寓政治的手法，则是对古诗"男女君臣之喻"的继承和发扬。

第三辑

希 望

我从山中来，带得兰花草①。
种在小园中，希望开花好。
一日望三回，望到花时过。
急坏种花人，苞也无一个。
眼见秋天到，移花供在家。
明年春风回，祝汝满盆花。

〔题解〕

　　这首诗写于1921年10月4日，原载1921年10月12日《晨报副镌》。1921年夏，在香山操办慈幼院的熊秉三夫妇送给了胡适一盆兰花草，胡适将其带到自己在北京钟鼓楼14号的家。经过胡适几个月的悉心照料，这盆兰花还是没有开花。10月2日，胡适在日记中言"早起，忽有所感，作一诗，未成而客来"。随后在4日"夜，自城外归来，车上续成前日的诗"，而这首诗便是《希望》。而在时隔将近六十年之后的1978年，胡适写的这首诗被台湾的陈贤德和张弼二人修改并配上曲子，同时改名为《兰花草》，在台湾和内地广为传唱。

〔注释〕

①兰花草:菊科多年生草本植物,秋开白花,叶似马兰,故名,亦单称"兰"。对"兰"之咏叹,古来颇多,但属屈原《离骚》"纫秋兰以为佩"之语最为人所熟知,也正是从此后,"兰"被喻为高洁的人或高尚的事物。此外,因"兰"之高洁品质,其亦与梅、竹、菊共称"四君子"。李白《题嵩山逸人元丹丘山居》:"尔能折芳桂,吾亦采兰若。"

〔评点〕

通过描摹今年兰花草"苞也无一个"的冷寂,胡适抒发了其希望兰花草来年花开满盆的简单、朴素的愿望,同时也道出了人类的普遍性情感——憧憬美好事物,却又备受煎熬的等待心境。这首诗也表露了胡适在黑暗时代中的"希望观":如果能从平常生活中看到点滴努力后的进步,那么这"进步"本身便是希望,亦即胡适一以贯之信奉的自由主义渐进理论。而这与同用《希望》命名的鲁迅的诗作所反映出的用"火与剑"击退"空虚的黑夜"的"希望观"是很不相同的。

江城子

　　翠微山上乱松鸣，月凄清，伴人行。正是黄昏，人影不分明。几度半山回首望，天那角，一孤星。

　　时时高唱破昏冥，一声声，有谁听？我自高歌，我自遣哀情。记得那回明月夜，歌未歇，有人迎。

〔题解〕

　　这首词写于1924年1月27日，后收入1964年12月台湾商务印书馆影印的《胡适之先生诗歌手迹》。此时，胡适仍在北京大学任教，但大部分时间都在休养。其写于1924年1月15日的白话新诗《烦闷》，颇能反映此时的心情，全诗为："很想寻点事做，却又是这样的不能安坐。要是玩玩罢，又觉得闲的不好过。提起笔来，一天只写得二百个字。从来不曾这样懒过，也从来不曾这样没兴致。"

〔评点〕

　　整首词上阕状"月影黄昏，松鸣对孤星"之凄清景色，下阕抒"寂寞高歌，无人出相迎"之悲哀神情。胡适对"松""月""星"等传统意象的使用，一方面调动了读者已有的文化心理积淀，唤起了他们内心的多层次美感经验，从而达到了其所提倡的"言近旨远"的旨趣；但是另一方面，对早已落入窠臼的陈腐意象的使用,却也使得整首词失掉了"陌生化"的文学效果。从格调上看,这首《江城子》为双调七十字布局,上下阕各七句五平韵,韵律工整,合乎章法。

鹊桥仙·七夕

疏星几点,银河淡淡,新月遥遥相照。双星仍旧隔银河,难道是相逢嫌早?

不须蛛盒①,不须瓜果,不用深深私祷。学他一岁一相逢,那便是天孙②奇巧。

〔题解〕

这首词写于1924年8月,后收入1964年12月台湾商务印书馆影印的《胡适之先生诗歌手迹》,词末有注:"一九二四年八月与丁在君同在北戴河。"据胡颂平《胡适之先生年谱长编初稿》第2册记载:"民国十三年的夏天,丁在君夫妇在北戴河租了一所房子歇夏,他们邀我去住,我很高兴地去住了一个月。在君和我都不会游泳,我们每天在海边浮水,带着救生圈子洗海水浴,看着别人游泳;从海水里出来,躺在沙地上歇息,歇了一会赤脚走回去洗淡水澡。"至于这首词的写作初衷,一说是胡适与友人丁在君度假时,随感而发所成的词作,而另一种较为普遍的说法则是胡适借此词抒写其对曹诚英的思恋之情。胡适在一年前的七夕之时,正与曹诚英热恋。曹诚英,字珮声,小名娟,是胡适三嫂的同父异母妹妹,小胡适11岁,跟胡适算是姻亲,说她是表妹,也还不算牵强。其以女傧相的身份与胡适相识于其和江冬秀的婚礼上。1923年6月24日,胡适搬进杭州烟霞洞居住,

"曹珮声在烟霞洞住了一个暑假……开学时,曹珮声见我(指汪静之)便说,她同胡适要好了。"(沈卫威《胡适周围》)

〔注释〕

① 蛛盒:七夕节旧俗,即于七夕夜将蜘蛛放置于盒中,观其结网,谓能乞巧。
② 天孙:典出《史记·天官书》:"婺女,其北织女。织女,天女孙也。"指传说中巧于织造的仙女。

〔评点〕

上阕以两个对句写胡适眼中七夕之景色,且景中有淡淡宁静之情,可谓以轻柔婉约起。第三句则直接点明牛郎织女两星相望不得见之情节,"遥遥"不但指的是实际距离之远,同时亦点出相思之迢递,与下文"深深私祷"相呼应。第四句,胡适以掺杂着些许责备语态的话语,来质询这对神仙眷侣为何在相隔一年仍不相见。按常理推之,第五句本应延续这一情绪,但是胡适却反之以大胆揣测的模样为他们开脱,认为或许是见面时间还未到,只是自己太过心急。这一焦急等待却仍未相见,且带有某种自我劝慰色彩的心情,亦是其时胡适与曹诚英相隔一年仍未能相见时,其内心最为隐秘的思恋情感的真实写照。

下阕也是两个对句,这时的胡适已恢复平静之本色,他以宁静之语道出"不用深深私祷"。后两句则给出原因,认为如若能像牛郎织女两星般一年一会,便已是神仙眷侣生活,颇有"两情若是久长时,又岂在朝朝暮暮"之意。如果说上阕更多言及牛郎织女之仙事,下阕则主要表现了胡适与曹诚英两情相悦之人事。

且在胡适笔下，颇有想借助这一相思之人事而荣升神仙伴侣之飘逸虚幻生活之意。这是与其他同类题材诗词作品最大的不同。整体而言，这是一首仿秦观《鹊桥仙·纤云弄巧》之词作。胡适以特定意象的使用，诸如银河、蛛盒，每阕均以对句起，随即承，后两句一转一结的相似构词法，结构整首词，而高妙的立意，使其既能收得住前三句的写景之句，又能宕开后两句之议论，可谓融情于景，浑然天成。

题章士钊胡适合照

"但开风气不为师"①,
龚生②此言吾最喜。
同是曾开风气人,
愿长相亲不相鄙。

〔题解〕

　　这首诗写于1925年2月9日,原载1925年8月30日《国语月刊》第12期,见《老章又反叛了》。是月,胡适与章士钊共同参加一次宴会,饭后他们共同合影一张。相片洗出来以后,章士钊在其后作一首白话诗赠胡适,谓:"你姓胡我姓章,你讲什么新文学,我开口还是我的老腔。你不攻来我不驳,双双并坐,各有各的心肠。将来三五十年后,这个相片好做文学纪念看。哈,哈,我写白话歪诗送把你,总算是老章投了降。"并希望能作一首文言诗给他。在此情形下,胡适便写下这首题照诗。章士钊(1881—1973),字行严,笔名青桐、秋桐,湖南长沙人。清末任上海《苏报》主笔,经常发表激烈的革命言论,并因此结识了章太炎、张继、邹容,意气相投,结拜为异姓兄弟。1914年5月,在东京与陈独秀等人创办《甲寅》月刊。1924—1926年间,他参加北洋军阀段祺瑞政治集团,同时创办《甲寅》周刊,提倡尊孔读经,反对新文化运动。著有《章士钊诗词集》。

〔注释〕

①但开风气不为师：语出［清］龚自珍《己亥杂诗·一〇四》："河汾房杜有人疑，名位千秋处士卑。一事平生无齮龁，但开风气不为师。"指用言论、著作来开启议论时政、提倡变革的风气，却不招收学生充当老师。顾毓琇《沁园春·悼胡适之先生》："大胆假设，小心求证，重建文明更莫迟。要尝试，但先开风气，不为人师。"

②龚生：即龚自珍，字璱人，号定庵，清末仁和（今浙江杭州）人。晚年，居住昆山羽琌山馆，又号羽琌山民。有《定庵文集》《己亥杂诗》等行世。

〔评点〕

向来以反对白话文形象示人的章士钊写了一首白话诗，而称"文言为半死文学"的胡适却作一首旧体诗和之，此可谓趣闻。但是抛却表面而言，胡适这首旧体诗作仍是以"白话文学"为其思想指归的。具体而言，全诗首句直接以龚自珍原诗句起，第二句则点明自己继续开白话风气之意，以不容置喙之坚定语气直切题意。第三、四句则话锋一转，由自身谈及友人章士钊，以忆往昔"天下智谋之士所见略同耳"之态，劝慰并希冀章士钊能够延续曾经"革命先驱"之身份，以开创白话新文学道路为己任。这个中隐藏的英雄相惜与宽容接纳之情感，读来令人动容。

亡友钱玄同先生成仁周年纪念歌

该死的钱玄同,怎么还没有死!
一生专杀古人①,去年轮着自己。
可惜刀子不快,又嫌投水可耻。
这样那样迟疑,过了九月十二。
可惜我不在场,不曾来监斩你。

今年忽然来信,要做"成仁纪念"。
这个倒也不难,请先读《封神传》②:
回家去挖一坑,好好睡在里面。
用草盖在身上,脚前点灯一盏,
草上再撒把米,——瞒得阎王鬼判,
瞒得四方学者,哀悼成仁大典。
年年九月十二,到处念经拜忏,
度你早早升天,免在地狱捣乱!

〔题解〕

　　这首诗写于1927年9月12日,后收入1941年12月萍社出版的胡不归编写的《胡适之先生传》。钱玄同曾在《答吾如老圃》中言,"凡人到了四十岁,便应该绑赴天桥,执行枪决。我现在三十九岁了,照旧法算,再过两个月便到枪决之年了;即照新法算,也不过再'枪监候'十个月罢了"。果然,到了1926年9月12日这一天,诸友人向钱玄同发去唁电。而到了1927年8月时,胡适、刘半农等人决定继续玩笑,合谋商议在《语丝》上开一期"钱玄同先生成仁专号",并准备了各式挽联、祭文。奈何因其时白色恐怖,这期《语丝》胎死腹中。1927年8月11日,胡适从上海致函钱玄同,谓"生死离别,忽忽一年,际此成仁周年大典,岂可无诗,援笔成词,笑不可仰"。这首诗便作成于此种情境下。钱玄同(1887—1939),原名夏,字德潜,号疑古,浙江吴兴(现浙江湖州市)人。语文改革家、文字音韵学家、中国"五四"新文化运动的倡导者之一。

〔注释〕

①一生专杀古人:指钱玄同为伸张"文学革命"之主张,而经常抨击那些支持旧文学的"选学妖孽""桐城谬种"。

②《封神传》:即《封神演义》,为明代许仲琳(一说是陈仲琳)所著,约成书于隆庆、万历年间。全书共一百回,以姜子牙辅佐周室(周文王、周武王)讨伐商纣的历史为背景,用武王伐纣为时空线索,从女娲降香开书,到周武王姬发封列国诸侯结束。《封神传》是在文化反刍的背景下,诞生于人类成年期的神话史诗。

〔评点〕

这是一首歌行体戏作,但是其却免于打油诗之油滑,而是在万般嫌恶的庄重之间透露出戏谑之意,可谓亦正亦谐。开头两句,胡适以正襟危坐之势起,"斥责"钱玄同因其"专杀古人"之劣迹,早应归西。接下来,连用三句解释其为何仍苟存于世的原因。不言其他,单看胡适竟凭空想象出钱玄同试图自杀的两种方法,死亡之肃穆、庄重背后隐藏的理性推算与分析,已让人忍俊不禁,况钱玄同还不曾死去,巨大悖论之后夹杂的隐约调侃,令人捧腹。在一正一邪间,戏谑之意尽出。如果说第一段尚且是对钱玄同仍竟不死之解释,那么第二段则点明题意,并以"瞒"字为诗眼,结构整段。这一角度可谓精妙,试想面对不死之人的"成仁纪念",恐怕除了"瞒",别无其他。且,其挖苦、挤兑、讥讽之意与第一段相比更甚,颇合歌行体"放情长言""步骤驰骋"之体势。纵观整首诗,其不仅在为尚且存活于世之人作亡歌这一题材上别出新意,且其整体布局层层递进,开阖有致,戏谑情感之把握更是多一分嫌油,少一分便力道不足,可谓拿捏有度,颇得戏作之精髓。

杜 鹃

长松鼓吹^①寻常事，最喜山花满眼开。
嫩紫鲜红都可爱，此行应为杜鹃来。

〔题解〕

　　这首诗写于1928年4月9日，作于庐山归宗寺。原载1928年5月10日《新月》第1卷第3号，见《庐山游记》。原无题目，《胡适手稿》题为《杜鹃》，而1970年8月1日台北传记文学社出版的《胡适选集》中则题为《游白鹿洞》。胡适在同日日记中曾载，"从海会寺到白鹿洞的路上，树木很多，雨后青翠可爱。满山满谷都是杜鹃花，有两种颜色，红的和轻紫的，后者更鲜艳可喜。去年过日本时，樱花已过，正值杜鹃花盛开，颜色种类很多，但多在公园及私人家宅中见之，不如今日满山满谷的气象更可爱。因作绝句记之"。

〔注释〕

　　①鼓吹：指宣扬、宣传。［清］张岱《陶庵梦忆·朱楚生》："班中角色，足以鼓吹楚生者，方留之，故班次愈妙。"

〔评点〕

　　一般意义上而言，古诗里的"杜鹃"意象总是与子规意象，"杜鹃啼血"等典故相伴相生，且常隐喻着家国沦亡、人生悲苦等沉重人生境遇。但是这首诗中的"杜鹃"，却一反前人之常态，剥离了加之于其身的过度文化积淀，从而还原了其本真"可爱"面庞，也为全诗营造了一种清新脱俗之氛围。另，整首诗仍透露出淡淡的说理氛围，但已不似胡适初鼓吹"文学革命"之时那般强烈，也正是在这或隐或现的"无心插柳"之间，淡雅清新氛围里的悠然禅意慢慢晕染开来。

陶渊明和他的五柳

当年有个陶渊明,不爱性命只贪酒。
骨硬不能深折腰,弃官回来空两手。
瓮中无米琴无弦①,老妻娇儿赤脚走。
先生吟诗自嘲讽,笑指篱边五株柳:
"看他风里尽低昂②,这样腰肢我没有!"

〔题解〕

　　这首诗写于1928年4月9日,作于庐山归宗寺。原载1928年5月10日《新月》第1卷第3号,见《庐山游记》。胡适在同日日记中载,"《庐山后录》有云:'尝记前人题诗云:"五字高吟酒一瓢,庐山千古想风标。至今门外青青柳,不为东风肯折腰?"惜乎不记其姓名。'我读此诗,忽起一感想:陶渊明不肯折腰,为什么却爱那最会折腰的柳树?今日从温泉回来,戏用此意作一首诗"。陶渊明,字元亮,又名潜,私谥"靖节",世称靖节先生,东晋末年浔阳柴桑人。曾作《五柳先生传》,言及自己"宅边有五柳树,因以为号焉","衔觞赋诗,以乐其志","不戚戚于贫贱,不汲汲于富贵"。

〔注释〕

① 琴无弦：即"无弦琴"，典出《宋书·隐逸传》："潜不解音声，而畜素琴一张，无弦，每有酒适，辄抚弄以寄其意。"后常用作咏闲适情趣的典故。

② 低昂：指沉浮，随波逐流。［明］高启《送高二丈学游钱塘》："君年虽少志则壮，不肯与世相低昂。"

〔评点〕

自东晋以来，世人盛爱"五柳先生"陶渊明，却鲜少知其"不为五斗米折腰"的刚强气质背后为何会以看似绵软的柳树自居。胡适凭借其彼时满溢于外的考据之精神，"研究问题，输入乎理"，臆想出了这个问题的可能答案，所谓"看他风里尽低昂，这样腰肢我没有！"本应为胡适严谨之科学精神叫好，为陶渊明正义凛然、为民请命之决绝态度称赞，但是奈何这其中出现了两者对柳树生命价值认识的错位。因为陶渊明爱柳，是爱其不依附他人、任狂风吹打、雨水侵蚀的刚强，但是胡适却误以为是反向性意义，即陶渊明爱柳是为自嘲。"胡适此次认识的'错位'，也是他在构建自我里程中的必然。"（熊伟《庐山与名人》）整体上看，这首诗以循序渐进之势，缓缓道出胡适考证之最终内容，"随风潜入夜，润物细无声"，干净利落又不着痕迹地寓理于情，可谓手法高妙，令人赞叹。

好事近·小词

回首十年前,爱着江头燕子。"一念十年不改",记当时私誓。　　当年燕子又归来,从此永相守。谁给我们作证?有双双红豆①。

〔题解〕

这首词写于1929年2月13日,后收入1964年12月台湾商务印书馆影印的《胡适之先生诗歌手迹》。胡适与江冬秀喜结连理于1917年12月30日,以此观之,词中"十年前""爱着江头燕子"之语,应是指胡适对江冬秀的爱恋十年不改。

〔注释〕

①红豆:相思子树的种子,色鲜红,古诗中常用来象征相思,也叫"相思子"。王维《相思》:"红豆生南国,春来发几枝。愿君多采撷,此物最相思。"

〔评点〕

上阕开头两句,以忆十年往昔起,胡适交代了十年前自己爱着江冬秀这一事实。第三句则直指"爱"这一念头并不曾以海枯石烂而改变。"一念"对"十年",写尽了一见钟情之稍纵即逝与"朝朝暮暮"之奋力维持,以电光火石衬平庸的世俗日常生活,更见爱情维持之不易与那份坚贞。第四句则再一次强调自己不忘初心。下阕则以"永相守""红豆""作证"之语,延续了上阕诚挚、纯真之情感。这首词基本遵循《好事近》词牌的格式,上下片各四句,在押韵方面,上下阕各押两仄韵。

和丹翁捧圣诗

庆祥老友多零落,只有丹翁大不同。
唤作圣人成典故,收来干女尽玲珑。
顽皮文字人人笑,愈赖声名日日红。
多谢年年相捧意,老胡怎敢怪丹翁?

〔题解〕

　　这首诗写于1929年3月19日,后收入1970年6月台北胡适纪念馆影印的《胡适手稿》第10集下册。丹翁原诗为《捧圣》:"多年不捧圣人胡,老友宁真怪我无。大道微闻到东北,贤豪哪个不欢呼。梅生见面常谈你,小曼开筵懒请吾。考据发明用科学,他们白白费功夫。"丹翁(1868—1937),即张丹斧,时任《上海画报》编务,是"上画四杰"之一。张丹斧和胡适因早年一起创办《竞业旬报》而结识。诗中的"庆祥老友"之称谓,就是因胡适与张丹斧办报时,同住上海庆祥里弄堂而起。对胡适以"圣人"之称谓起,恐也是最先起于张丹斧,后得到大家认可后传播开来。那么"圣诗"应指的是胡适创作的白话诗。至于"干女"之意,则是指张丹斧喜欢认当红的坤角做干女儿,胡适拿来调侃之。又时被称以"文坛怪物"的张丹斧,平日里行事随意、顽皮,故胡适以"人人笑""日日红"谓之。

〔评点〕

　　这是胡适为迎合张丹斧的《捧圣》而作的一首和诗。首联以一本正经之势，指出当年办报老友中唯独张丹斧至今仍光彩熠熠，未有凋零。然而颔联与颈联却诗风一变，所谓不同竟指的是其作文行事之不着边际与人尽皆知之风流韵事，读来令人捧腹与无奈。而在严肃与调侃这一令人猝不及防的转换之间，戏谑之意尽出，张丹斧对"文学革命"的鲜明支持态度与还有几分"姿色"的语言文字功底亦显露无遗。

　　再看尾联两句，"年年相捧"之句则以不容置喙之坚定语气收结全诗，并以温柔、谦卑之反问句式，回答了张丹斧在原诗《捧圣》中"老友宁真怪我无"之语。想来和人盛赞自己之诗，总因免不了的互相吹捧之态度而令人觉得有所做作与虚假，但是胡适这首诗确是其中的上乘之作。这不仅源于胡适对老友张丹斧的熟识，在此基础上能够拿捏、把握住"捧"张丹斧之度，更为重要的，乃是其怀抱一颗真挚、善良的友人之心成此诗，这便才有了调侃中带着一丝克制并带着些许相知的意味。

祝马君武先生五十生日

树蕙滋兰①意兴，种桃酿蜜先生。
一点一滴努力，满仓满屋收成。
识路何嫌马老？救国终待牛敦②。
活到八十九十，桃李尽出公门。③

〔题解〕

　　这首诗写于1930年7月17日，后收入1964年12月台湾商务印书馆影印的《胡适之先生诗歌手迹》。胡适在同日日记中记载，"马君武先生今日（旧历六月二十二）五十生日，约我同吃午饭，匆匆无可送他，送了他一本瞿氏影宋本《离骚集传》，并题一诗"。马君武（1881—1940），原名道凝，又名同，字厚山，号君武，广西桂林人。1902年，留日期间结识孙中山，1905年参与组建同盟会，是同盟会章程八位起草人之一，《民报》主要撰稿人。亦是中国公学的创办人之一，曾担任过中国公学校长，著有《马君武诗稿》。

〔注释〕

①树蕙滋兰：语出屈原《离骚》："余既滋兰之九畹兮，又
　　树蕙之百亩。"指老师教书育人的高尚行为。〔元〕卢挚
　　《敬亭赠别丁太初宪使》："映苍崖磊砢孤松，待树蕙滋

兰，分付春工。"

②牛敦：即牛顿，英国著名物理学家，被誉为"近代物理学之父"，著有《自然哲学的数学原理》《光学》。

③胡适在这首诗下写有这样的话："廿余年前，君武先生去国，作诗留别中国公学学生，有'中国待牛敦'的话。"

〔评点〕

这是一首六言祝寿诗，其风格延续了同类题材诗作先言人生功绩，后祝寿比南山的常规做法。一、二句以三个典故"树蕙滋兰""种桃李""蜂酿蜜"起，着重点明了马君武"传道授业解惑"的教师身份。三、四句则是对其辛勤耕耘态度的进一步肯定。五、六句又引用"老马识途"的典故，继续彰显其博学多智的形象。七、八句则不出意外地盛赞其"桃李满天下"的同时，亦祝其能益寿延年。

但是于常规之中，这首诗又有所突破，即其在诸多传统意象，如"桃李""老马识途"等包裹下，仍能够突出重围展现新鲜的意象，即以"满仓满物收成"喻成才学生之多，真可谓恰如其分。因为传统中国农民常以苦难形象示人，也只有"锄禾日当午，汗滴禾下土"的勤勤恳恳，才能换来"丰年留客足鸡豚"之盛象。正是"一点一滴努力"的相似性，造就了他们共通的审美感受与情感体验，从而令人更加动容于教师之不易。整首诗在音律与结构方面颇有特色，仄起首句押韵，对仗工整，整齐划一，读之抑扬顿挫，节奏明快，朗朗上口。

题陆小曼画山水

画山要看山,画马要看马。
闭门造云岚,终算不得画。
小曼聪明人,莫走错了路。
拼得死工夫,自成真意趣。

〔题解〕

这首诗写于1931年7月8日,后收入1970年6月台北胡适纪念馆影印的《胡适手稿》第10集下册。胡适在同日日记中记载,"小曼画大幅山水,志摩要我题跋,我题了一首诗"。胡适所题陆小曼画的这幅山水画名为《山水画长卷》,其创作于1931年春,堪称陆小曼的早期代表作,风格清丽、秀润天成。更为珍贵的是,它的题跋,不仅有胡适之迹,更有邓以蛰、杨铨、贺天健、陈蝶野诸人手笔。1931年11月19日,徐志摩罹难当天,其亦随身携带这幅画卷,并准备到北京请人加题,奈何天不遂人愿,飞机失事,徐志摩遇难。但是,手卷因放在铁箧中,故物未殉人。

陆小曼(1903—1965),江苏常州人,师从刘海粟、陈半丁、贺天健等名家学画。因与徐志摩的婚恋而名噪一时,曾与徐志摩合作五幕话剧《卞昆冈》。

〔评点〕

　　这是一首侧重于言说画理的题画诗。一、二句直言作画要从直接经验出发,三、四句则反说作画不能闭门造车,五、六句以过来人之成竹在胸的语气,劝慰陆小曼作画莫要误入歧途,七、八句则继续阐发画理,认为唯有事必躬亲并持之以恒,方能画出大"意趣"。究整首诗而言,其传递出了直接经验于画家的重要性这一观点。进一步而言,这乃是一种要求艺术要具备现实主义精神的观点。但究其本质而言,其亦正是胡适文学观点在绘画艺术上的体现,即"不能做实地的观察,便不能做文学家;全没有个人的经验,也不能做文学家"(胡适《寄陈独秀》)。这首诗集中体现了胡适一直提倡的"言近而旨远"的观点,即将深奥的绘画道理以深入浅出的方式道出。

和丁文江

颇悔三年不看山,遂教故纸老朱颜①。
只须留得童心②在,莫问鬓毛斑未斑。

〔题解〕

　　这首诗写于1931年8月4日,原载1936年2月16日的《独立评论》第188号。后收入1970年6月台北胡适纪念馆影印的《胡适手稿》第10集下册。胡适在《丁文江的传记》一文中有言:"民国二十年,在君全家在秦皇岛租了一所房子歇夏。有一天,在君夫妇同济瀜去游北戴河的莲花山,在君做了两首绝句寄给我,信上催我去秦皇岛同他们玩半个月。他的诗如下:'记得当年来此山,莲峰滴翠沃朱颜。而今相见应相问,未老如何鬓已斑?''峰头各采山花戴,海上同看明月生。此乐如今七寒暑,问君何日践新盟?'我匆匆答了他一首诗。"丁文江(1887—1936),字在君,江苏泰兴人,地质学家、社会活动家。1922年与胡适等人创办《努力周报》,发表大量文章力促"好人"出来从政。"九一八"事变之后,丁文江更是与胡适商量创办《独立评论》,希望"不倚傍任何党派"以独立的身份评论政治。

〔注释〕

①朱颜:典出《楚辞·大招》:"容则秀雅,稚朱颜只。"指女子美好的容颜,又指青春年少。李白《南都行》:"丽华秀玉色,汉女娇朱颜。"

②童心:见《左传·襄公三十一年》:"于是昭公十九年矣,犹有童心。"指未经世故,未受社会意识濡染的纯真赤子之心。

〔评点〕

这是一首次韵诗,即胡适作此诗时,不仅步丁文江原诗之韵,且所押韵的字"颜""斑"都完全相同。如果说前两句是言未能驰骋山水间而致使"朱颜"老,那么后两句则笔锋、情调一转,叹只要留得童心在,任尔鬓毛是否斑!在短短四句之间,便能有如此清晰与决绝之对比转折,令人赞叹,足见彼时胡适作诗之老辣成熟。整体而言,此诗开阖有致,层次井然。

丁先生买帽

买到东来买到西,偏偏大小不相宜。
先生只好回家去,晒坏当头一片皮。

〔**题解**〕

这首诗写于1931年8月12日,后收入1970年6月台北胡适纪念馆影印的《胡适手稿》第10集下册。诗跋云:"丁先生最怕秃头,今天帽子坏了,买不着帽子,急得不得了。""丁先生"即指丁文江。胡适在同日日记中,还有另一首写给丁文江的诗《恭颂"赤脚大仙"》,云:"欲上先生号,'神仙未入流'。地行专赤脚,日下怕光头。吐纳哼哼响,灵丹处处丢。看他施法宝,嘴里雪茄烟。(丁先生最喜赤脚,在家或在熟人家,他必脱袜。在此日夜赤脚,乐不可支。他自称'赤脚大仙',我作诗颂之。)"

〔**评点**〕

这是一首调侃之作。全诗前三句都在言及丁先生追求细节之完美,为了找到一顶适合自己的帽子,不惜"跑到东来跑到西,两手空空累断腿",这种对至臻境界的追求令常人惭愧。本想诗末结尾处会延续前三句之诗风,以提纲挈领之语,对友人丁先生追求完美的性格大加褒赞,但是胡适却用"晒坏当头一片皮"之语，戏谑点出丁先生在烈日当头下，坚持买帽行为的不合时宜，读来令人讶异。而这一猝不及防的反转，致使先前其追求完美的正面形象轰塌，而锱铢必较且稍显迂腐的书生丁文江形象映入眼帘。这一构诗法，其实是借鉴了中国传统文学中典型的"反转突变"方法，如《红楼梦》中门子给贾雨村使眼色，从而使得剧情反转，并引出对金陵四大家族的叙述，即在"合乎情理"的事件发展中，让情境发生"出人意料"的突然转折，使读者在"情理之中"与"出人意料"的落差之间，最终达到或引人深思，或让人捧腹的效果。这足见传统文学对胡适影响之深。此外，"买帽子"这一题材也可入胡适之法眼，真可谓"事事留心皆学问，芝麻西瓜皆成诗"。

答和在君

一

乱世偷闲非易事,良朋久聚更艰难。
高谈低唱听涛坐,六七年来无此欢。

二

无多余勇堪浮海,应有仙方可黑须。
别后至今将七日,灵丹添得几丸无?

〔题解〕

这首诗写于1931年8月23日,后收入1970年6月台北胡适纪念馆影印的《胡适手稿》第10集下册。胡适在1936年1月9日写给周作人的信中,摘录这首诗,诗下有注:"在君有'赤脚大仙'之号,我们同赤脚走沙上,见狗矢,他戏指是仙人留下灵丹,服之可登仙!""在君"即丁文江,曾与胡适在是年暑假共游北戴河。在胡适将离别时,丁文江"用元微之赠白香山诗原韵作二诗"送胡适,诗曰:"留君至再君休怪,十日流连别更难。从此听涛深夜坐,海天漠漠不成欢。""逢君每觉青来眼,顾我而今白到须。此别原知旬日事,小儿女态未能无。"而胡适在回到北平后,亦作此两首诗和丁文江。

〔评点〕

在做成此诗的半月后，震惊中外的"九一八"事变爆发于沈阳。可以说，彼时的中国正处在内忧（国共内战）、外患（日本虎视眈眈）的双重夹击下，处于摇摇欲坠的风雨飘摇中。以此观之，其一前两句"偷得半日闲"与三五好友"把酒话桑麻"，只能是难能可贵的"苦中作乐"。而三、四句"浅尝辄止"般的欢乐，亦是对前两句沉郁顿挫风格之延续。

如果说第一首诗的整体风格，在战争氛围的浸染里尤显凝重，那么第二首诗尽管是以友人丁文江戏指狗矢为灵丹的戏谑行为为底蕴，但是"无多余勇"四个字，更深层次而言则隐喻了胡适因忧心战事而无力顾及其他的心理，还是彻底暴露了胡适看似闲淡实则忧心忡忡之爱国情怀，从而使得这首诗以更为隐秘与复杂的苦乐夹杂情绪示人。

整体观之，第一首诗的"高谈低唱听涛坐"句颇有特色，因为"高"与"低"的起伏对比，不仅形似波涛之上下起伏，同时亦声似海浪声音色之高低有致。

题唐景崧先生遗墨

南天民主国,回首一伤神。
黑虎今何在?黄龙①亦已陈。
几枝无用笔,半打②有心人。
毕竟天难补③,滔滔四十春!

〔题解〕

这首诗写于1931年9月19日,后收入1970年6月台北胡适纪念馆影印的《胡适手稿》第10集下册。诗跋云:"唐公遗诗有云:'惭愧一枝无用笔,几番投去又收回。'"原诗有附言:"陈寅恪嘱题。"陈寅恪对这首题诗专有谢函,谓"读赐题唐公墨迹诗,感谢感谢。以四十春悠久之岁月,至今日仅赢得一'不抵抗'主义,诵尊作竟不知涕泗之何从也"。胡适在同日日记中有言,"今早知道昨夜十点,日本军队袭攻沈阳,占领全城。中国军队不曾抵抗。……此事之来,久在意中。八月初与在君都顾虑到此一着。中日战后,至今快四十年了,依然是这一个国家,事事落在人后,怎得不受人侵略!"胡适在1931年9月26日写给周作人的信中,言及这首诗的创作初衷,谓"说到'没落',我更一日千丈。十九那天,什么事也不能做,翻开寅恪要我题的唐景崧(他的夫人的祖父)遗墨,见那位'台湾民主国'伯里玺天德('总统'英译——笔者注)说什么'一枝无用笔，投去又收回'，我也写了一首律诗在上面"。

唐景崧（1841—1903），字维卿，广西灌阳人。1891年，任台湾布政使，任内，支持丘逢甲在台湾办理衡文、罗山、崇文等书院。中日《马关条约》签订后，反对割让台湾，并与丘逢甲、刘永福等人创建"台湾民主国"。民主国成立后，更是被推为"台湾民主国总统"，并制定以"黑虎"为图案的国旗。不久，日军登陆台北，唐景崧因寡不敌众而返回大陆。孙女唐篔，是陈寅恪的夫人。

〔注释〕

①黄龙：《艺文类聚》引《瑞应图》曰："黄龙者，四龙之长，四方之正色，神灵之精也。能巨细，能幽明，能短能长，乍存乍亡。""舜东巡狩，黄龙负图，置舜前。"本义指王者有德，黄龙现身，以呈瑞应。后用作咏明君。

②半打：相对于"一打"，指六个。这里为虚指。

③天难补：化用自典故"女娲补天"，语出《淮南子·览冥训》："往古之时，四极废，九州裂，天不兼覆，地不周载，火爁炎而不灭，水浩洋而不息，猛兽食颛民，鸷鸟攫老弱，于是女娲炼五色石以补苍天，断鳌足以立四极。"后用以喻指王朝统治。[唐]李贺《李凭箜篌引》："女娲炼石补天处，石破天惊逗秋雨。"

〔评点〕

整体而言，这首诗表达了胡适对自甲午海战以来就"盘亘"于中国上空的"不抵抗"政策的嘲讽，以及对国仇家恨之悲愤。

首联以唐景崧创立的"台湾民主国"烟消云散起，可谓直切题意，而"回首一伤神"之语则为全诗定下了"至今思国恨"的悲怆、苍凉基调。

如果说"黑虎今何在？"之语尚且仍是承接上联之遗恨，那么接下来"黄龙亦已陈"则是笔锋一转，由割让台湾言及"九一八"事变后中国大地之满目疮痍，使全诗视野与境界全开。也是凭借对"黑虎""黄龙"的表面动物性特征与内在深层隐喻的相似性的精准把握，颔联这两句之起承转合，才能浑然天成。

颈联则巧妙化用唐景崧之遗诗，并以"几枝"对"半打"，言及以唐景崧为代表的爱国志士之稀少。尾联则以反讽语气，并以"奔流到海""一泻千里"之势吼出了长久以来积郁于内心的愤慨，所谓"有心补天，无力杀敌"罢了。

戏和周启明打油诗

先生在家像出家,虽然弗著①舍袈裟。
能从骨董寻人味,不惯拳头打死蛇。
吃肉应防嚼朋友②,打油莫待种芝麻。
想来爱惜绍兴酒,邀客高斋吃苦茶。

〔题解〕

这首诗写于1934年1月17日,后收入1964年12月台湾商务印书馆出版的《胡适之先生诗歌手迹》。1934年,自号"苦茶上人"的周作人逢五十岁生日,感慨平生,便写了《偶作打油诗二首》,并发表于1934年4月《人间世》第1期。因其带有明显"诗言志"的意味,因此一经刊发,便引来北平和上海两地诸多文人的唱和。这首诗便是胡适对周作人自寿诗的唱和之作。周作人的两首自寿诗其一:"前世出家今在家,不将袍子换袈裟。街头终日听谈鬼,窗下通年学画蛇。老去无端玩骨董,闲来随分种胡麻。旁人若问其中意,且到寒斋吃苦茶。"其二:"半是儒家半释家,光头更不著袈裟。中年意趣窗前草,外道生涯洞里蛇。徒羡低头咬大蒜,未妨拍桌拾芝麻。谈狐说鬼寻常事,只欠功夫吃讲茶。"周启明,即周作人(1885—1967),原名櫆寿(后改为奎绶),字星杓,又名启明,是鲁迅(周树人)之弟,周建人之兄,浙江绍兴人。工新诗,亦擅旧体诗词。

〔注释〕

①弗著：弗，不；著，同"着"，穿着。弗著，即不穿。

②吃肉应防嚼朋友：来自周作人所说祖父的故事。胡适在1922年8月11日的日记中记载，"启明说，他的祖父是一个翰林，滑稽似豫才；一日，他谈及一个负恩的朋友，说他死后忽然梦中来见，身穿大毛的皮外套，对他说'今生不能报答你了，只好来生再图报答'。他接着谈下去：'我自从那回梦中见他以后，每回吃肉，总有点疑心。'这种滑稽，确有点像豫才。"豫才即指鲁迅。胡适以此句写周作人，以幽默、闲适之态度对待负恩的朋友。

〔评点〕

首联借用周作人自寿诗"前世出家今在家"之语，胡适言其就是未穿"袈裟"的僧人，道出周作人心性淡泊、随缘处世之风，为全诗定下明确基调。颔联则具体从"骨董寻人味"和"不惯打死蛇"两角度，写"僧人"周作人的富于人情味，和文人周作人的"费厄泼赖"精神。颈联承接上句，展示周作人以幽默待负恩友人，以及亲自耕种之悠然闲适。尾联继续此风，以在"高斋"中对"苦茶"的品味了结，写尽周作人的平和散淡之气。整体观之，胡适在这首诗里娓娓道出了周作人的文人雅致气与闲适处世风。特别是当我们将这首诗放置于当时文坛对周作人的一片讨伐声中时，整首诗颇能显现其时胡适对于周作人难能可贵的认同，大约这就是所谓"遇着风流知音性，惺惺的偏惜惺惺"（关汉卿《普天乐·崔张十六事》）。

再和苦茶先生的打油诗

老夫不出家,也不著袈裟。
人间专打鬼①,臂上爱蟠蛇②。
不敢充油默③,都缘怕肉麻。
能干大碗酒,不品小盅茶。④

〔题解〕

这首诗写于1934年1月18日,后收入1970年6月台北胡适纪念馆影印的《胡适手稿》第10集下册。诗跋云:"昨和诗兴致未尽,又得一首。昨诗写吾兄文雅,今诗写一个流氓的俗气。末句用典处在大观园拢翠庵。"这是胡适第二首唱和周作人《五十自寿诗》之作。苦茶先生,即指周作人。

〔注释〕

①人间专打鬼:是胡适指其"发明"的"五鬼闹中华"理论。具体而言,胡适其时认为旧中国的落后不是由于封建主义压迫和帝国主义侵略造成的,而是由于"贫穷、疾病、愚昧、贪污、扰乱"五大"恶魔"造成的,"五鬼"才是中华民族真正的"敌人"。究其根本,胡适这一学说的核心是认为当时中国的弊端在于民品劣、民智卑,因此极力主张用教育的方法提高民智,这样才能最终消灭"五

鬼"。

②蟠蛇：蟠，即盘伏、环绕。蟠蛇，即盘踞一条蛇。

③不敢充油默："油默"，现在通行讲法为"幽默"，指诙谐风趣而又意味深长。其最早由林语堂翻译而来。这句话是胡适"自嘲"，因为众所周知，胡适所提倡的治学方法是理性、严谨的"大胆假设，小心求证"。

④能干大碗酒，不品小盅茶：语出曹雪芹《红楼梦》第四十一回"贾宝玉品茶栊翠庵　刘姥姥醉卧怡红院"。本义是指贾宝玉、薛宝钗、林黛玉三人受妙玉之邀吃茶，而刘姥姥大口喝酒的情节。这里引申为胡适只喝酒，不品茶，与周作人志趣不同。

〔评点〕

这首五律颇有胡适"自嘲"的意味。具体而言，首联即明确交代了自己与周作人出家姿态的不同，颔联勾勒出的如钟馗般凶煞的捉鬼人"胡适"形象，则一反其西洋博士之娟秀斯文，读来忍俊不禁的背后又透露出那么一丝无奈，叹息自己未能学以致用，反倒以"武将"身份示人。而颈联"怕肉麻"三字又调侃了自己在闲适、幽默面前"正襟危坐"之"大胆假设、小心求证"的理性分析精神。尾联"大口喝酒、大块吃肉"之语，则是在"自嘲"之外说自己彻底沾染上了"流氓的俗气"。但是，这亦正是胡适自认为与周作人不同的地方，因为他平生所坚持的是儒家入世态度和"知其不可为而为之"的精神。

苦茶先生又寄打油诗来再叠韵答之

肯为黎涡①斥朱子②,先生大可著袈裟。
笑他制欲如擒虎,那个闲情学弄蛇?
绝代人才一丘貉③,无多禅理几斤麻。
谁人会得寻常意,请到寒家喝盏茶。

〔题解〕

　　这首诗写于1934年3月5日,后收入1970年6月台北胡适纪念馆影印的《胡适手稿》第10集下册。苦茶先生,即周作人。周作人于1934年3月5日写信一封呈予胡适,曰:"适之兄:日前又作打油诗一首,别纸抄呈。中有重复字及未妥处,故真是未定草也,咬大蒜乃是黎公劭西典故,低头亦是成语,遂至与光头相碰,不及另改,匆匆。"胡适遂作此诗唱和。黎公劭西,即黎锦熙(1890—1978),字劭西,湖南湘潭人,著名语言文字学家,曾任北京师范大学教授、文学院院长。

〔注释〕

　　①黎涡:"黎"同"梨",黎涡即梨涡,语出[宋]罗大经《鹤林玉露》:"胡澹庵十年贬海外,北归之日饮于湘潭胡氏园,题诗云:'君恩许归此一醉,傍有梨颊生微涡。'谓侍妓黎倩也。"本义指侍妓黎倩的酒窝。后泛称女子面

颊上的酒窝。[宋]朱熹《宿梅溪胡氏客馆观壁间题诗自警（其二）》："十年湖海一身轻，归对梨涡却有情。世路无如人欲险，几人到此误生平。"

②朱子：对朱熹的尊称。朱熹，字元晦，又字仲晦，世称朱文公，宋朝著名的理学家，儒学集大成者。主张"存天理，灭人欲"。

③一丘貉：典出《汉书·杨恽传》："恽曰：'得不肖君，大臣为画善计不用，自令身无处所。若秦时担任小臣，诛杀忠良，竟以灭亡，令亲任大臣，即至今耳，古与今如一丘之貉。'"后用来比喻同类没有差别。章炳麟《西归留别中东诸君子》："新耶复旧耶，等此一丘貉。"

〔评点〕

首联，胡适先以安抚之语气劝慰周作人仍可"著袈裟"，即让其安于对闲适从容、超乎物外的生活格调的追寻，为全诗定下明确基调。颔联，显示周作人"超凡脱俗"之平静，且以反问句式质问诸多嘲笑之人"浮于世"。颈联，可谓全诗最为出彩之处。前一句展现了胡适认为天下英才不过尔尔之霸气，第二句彰显了胡适于大彻大悟之后的"举重若轻"。若非足够的自信与张扬，断不会有这般云淡风轻、信手拈来之感，且"禅理"一语也为尾联所要引出的"寻常意"做铺垫。尾联，直指"禅意"只在周作人寒舍，明确点"悲悯"之题。因为"悲悯"是在阅尽人间繁华与苦痛之后，于寻常生活之闲适、宽容与了悟。在诸多唱和周作人《五十自寿诗》的作品中，世人多看到周作人之消极避世，就连鲁迅也只读出其讥讽时事之意，但是根本而言，《五十自寿诗》实则是言了周作人悲悯情怀之"志"。因为玩"骨董"、种"胡麻"也罢,咬"大蒜"、拾"芝麻"也罢,周作人都将其归结为对"苦茶"的品味。换句话而言,即是当周作人面对浊世的沉沦,他唯有以"品苦茶"来排遣对现世的苍凉感受而已。在这个意义上,周作人与李叔同乃是可以参照着读解的同一种修行的两种不同人生方式。胡适创作的这首诗,正是在参悟周作人真正的悲悯情怀后,动情所作之唱和,读来大有"惺惺相惜两心知,得一知音死不辞"之感。

和半农的《自题画像》

未见"名师"画,何妨瞎品题?
方头①真博士,小胖似儒医②。
厅长同名姓③,庄家"半"④适宜。
不嫌麻一点,偕老做夫妻。⑤

〔题解〕

　　这首诗写于1934年3月27日,后收入1970年6月台北胡适纪念馆影印的《胡适手稿》第10集下册。胡适在同日日记中言,"昨晚写文字到三点才睡,在床上做打油诗一首"。是年7月14日,刘半农因染猩红热,以致英年早逝。胡适作挽联悼之。可以说,这是刘半农尚在人世时,胡适与之唱和的最后一首诗。刘半农原诗《曲庵自题画像》云:"名师执笔美人参,画出冬烘两鬓斑。眼角注成劳苦命,头颅未许窦窬钻。诗文讽世终何补,磊块横胸且自宽。蓝布大衫偏窃喜,笑看猴子沐而冠。"刘半农(1891—1934),江苏江阴人,原名寿彭,初字半侬,后改半农,晚号曲庵,中国新文化运动先驱,文学家、语言学家和教育家,留法博士,工新诗,亦擅旧体诗词。

〔注释〕

①方头：因博士帽为方形，故称方头。

②儒医：旧时称儒生之行医者。［清］王士禛《池北偶谈·谈异五·刘大成》："文登生员刘大成以儒医耆德，为乡党所推，董修学官。"

③胡适自注：安徽民政厅长刘复。

④庄家"半"：半农的戏称。

⑤胡适自注：半农近和麻韵诗有"妻有眉心一点麻"。

〔评点〕

　　这是一首信手拈来的打油诗，胡适以幽默之笔调与闲适之意趣，勾勒了一幅他脑海中的刘半农形象。首联"瞎"字点出成诗之随意、潇洒，且大有刘半农"任我粉饰"之霸道。颔联则巧妙地以"方头"这一双关语作为纽带，既摹刘半农之头型，又点出其博士身份，遣词造句精妙绝伦。接着看这个"小"字，可谓将刘半农之可爱、憨态、迂全部包罗。调侃完其身型体态，胡适又"马不停蹄"地在刘半农的名字上做起文章。刚"郑重其事"地指出刘半农能"万分荣幸"地与大官同姓名"刘复"，马上就又调侃其只适宜做庄家农活之"卑微"，思维跳转之敏捷和用语之恰如其分，让人不禁赞叹胡适之聪慧与狡黠。尾联则借助其妻眉心"一点麻"的形象特征，赞誉刘半农对待爱情之坚贞，这则是对刘半农内在品质的褒赞。这首《自题画像》的和诗是浩如烟海"自题像"里的"一粟"，但是其却胜在调侃、洒脱、云淡风轻之意味，因为其他同类型题材诗作都或多或少沾染了饱经沧桑之沉重与壮志欲酬之激昂的味道。

打油诗

是"醉"不是"罪",先生莫看错。
这样醉糊涂,不曾看见过!

〔题解〕

这首诗写于1934年6月20日,后收入1970年6月台北胡适纪念馆影印的《胡适手稿》第10集下册。诗后有跋:"孟真在恋爱中已近两月,终日发病。有一天来信引陶诗'君当恕醉人',误写作'罪人'。"胡适所言"君当恕醉人"之语,出自陶渊明《饮酒(其二十)》:"若复不快饮,空负头上巾。但恨多谬误,君当恕醉人。"孟真,即傅斯年(1896—1950),初字梦簪,后字孟真,山东聊城人,著名历史学家、古典文学研究专家,五四运动学生领袖之一,中央研究院历史语言研究所的创办者。彼时,其已与原配离婚,正与俞大彩(近代著名将领俞大维之妹)热恋。

〔评点〕

可以说,古典诗词中从不乏展现恋人为情憔悴之痴态,不用说"衣带渐宽终不悔,为伊消得人憔悴"之身形消瘦,更不用说"日日思君不见君""此恨何时已"的灵魂煎熬之苦痛,单是"有美人兮""一日不见兮",便"思之如狂"。相较而言,傅斯年为爱所"醉"而致笔误的行为,不算稀奇。但是,以"言浅旨遥"为旨趣的胡适,又怎肯甘于浅白与平庸。在"醉"与"罪"的一肯一否之间,胡适其实亮明并重申了自己的婚恋观,即"朝朝暮暮"之两情相悦并非是一种罪行,而沉浸于爱河中的傅斯年亦非罪人。

《西游记》的第八十一难诗

一

九九归真道行难，一篑功亏①不结丹。
腾云指日回唐土，何图蓦地下云端！

二

玉兔高风永不磨，庄严塔影照长河。②
殷勤上国求经客，来扫前年窣堵波③。

三

吃得唐僧一块肉，五万九千齐上天。
如梦如电如泡影，一切皆作如是观。④

〔题解〕

这首诗写于1934年7月1日，原载1934年7月《学文月刊》第1卷第3期，见《〈西游记〉的第八十一难诗》。后收入1935年商务印书馆出版的《胡适论学近著》第1集卷3。胡适曾在《〈西游记〉的第八十一难诗》一文的序中言，"十年前我曾对鲁迅先生说起《西游记》的第八十一难（九十九回）未免太寒伧了，应该大大的改作，才衬得住一部大书。我虽有此心，终无此闲暇，所以十年过去了,这件改作《西游记》的事终未实现。前几天,偶然高兴,写了这一篇,把《西游记》的第八十一难,完全改作过了。自第九十九回'菩萨将难簿目过了一遍'起,到第一百回'却说八大金刚使第二阵香风,把他四众,不一日送回东土'为止,中间足足改换了六千多字"。这三首诗,便是胡适改写《西游记》第九十九至一百回的文字中的三首诗。

〔注释〕

① 一篑功亏:即"功亏一篑",见《尚书·旅獒》:"为山九仞,功亏一篑。"指堆山只亏欠一筐土而没有达到要求的高度,形容仅仅缺少再坚持一下的努力而告失败。

② 玉兔高风永不磨,庄严塔影照长河:韦莲司曾告诉胡适印度神话"月中兔影"之故事,胡适后来参考佛经后,将其写入自撰的《西游记》第八十一难里。胡适曾在1914年11月3日的留学日记中记下了这个神话传说,其主要内容是,"当婆罗门打达王时,佛降生为兔,居林中,有三友:一猿,一獐,一獭,皆具智慧。兔屡教三兽布施守斋期。一日逢斋期,四兽各出觅食。猿得檬果,獐得肉,獭得鱼。兔自思:'若有人问我乞食,吾所食惟草耳,何以应之?'转念'果有乞食者,当舍吾身与之'。奇事将现于下界,则天上帝座骤暖。天帝(Sakra)下视见兔,思试其诚否,乃化为沙门,先乞食于三兽。三兽各施所得,沙门皆却之,乃乞食于兔。兔自喜舍身有缘,乃告之曰:'沙门,吾今日所布施不同往日。汝且拾柴生火,然后告我。'沙门以生炭作火,火然乃告兔。兔大欢喜,欣然踊

身入火中。火乃不灼其身,兔骇问。沙门乃告之曰:'我非沙门,乃天帝来试汝道行耳。今汝果诚心,汝之行,宜令天下人知之,永永无忘。'帝乃拔一山,捏之,以其汁作墨,图兔形于月中。此月中兔影所由来也。"

③窣堵波:亦作"窣堵坡",原是埋葬佛祖释迦牟尼火化后留下的舍利的一种佛教建筑,后来塔也成为高僧圆寂后埋藏舍利的建筑。玄奘《大唐西域记·呾蜜国》:"诸窣堵波及佛尊像,多神异,有灵鉴。"

④如梦如电如泡影,一切皆作如是观:佛教用语,语出《金刚经》:"一切有为法,如梦幻泡影,如露亦如电,应作如是观。"这是佛教中著名的一首唱词,其核心在"有为"二字。因为佛教所讲的修行是"无我心"和"无差别心",有为法就意味着有目的心,有差别心,以"我"为出发点,这种修行不是真正的修行,所作所为只能如梦幻泡影,不能达到修行的正觉。而具体到这句而言,其指的是唐僧为救那些取经途中被徒弟杀害的生灵,不惜牺牲自己肉身,从"无我心"出发,终至"得道"的行为。

〔评点〕

这三首诗是由胡适自撰的小说《西游记》"第八十一难"情节所铺衍开来的"类禅诗"。之所以不称其为禅诗,是因为究其根本目的性指向而言,这三首诗是叙事性质的,具体讲述了唐僧在远赴西天求到真经后,如何解"第八十一难"的故事情节,这与传统禅诗重点宣扬佛理、表现禅意禅趣的指向是很不相同的。具体而言,第一首诗主要点明师徒四人仍差"一难"方可"得道"。第二首诗以"月中兔影"之传说,巧妙牵出唐僧"辛勤扫塔"之虔诚。第三首诗则在此基础上,着重阐发了唐僧为救赎死于徒弟手中的妖魔,最终选择牺牲自己的肉身,帮其脱离地狱之苦海,得道升天的"功德无量"行为,并最终点出正是唐僧大慈大悲的普度众生精神,使其能度"第八十一难",终得修成正果。整体而言,这三首诗前后衔接紧密,结构紧凑,想象奇特,语言凝练,佛教语言之使用恰如其分,但是于无相关背景知识的读者而言,佛教专业术语数量之多还是有碍于他们对整组诗思想内容的体悟。

寄题相思岩

相思江上相思岩,相思岩下相思豆。
三年结子不嫌迟,一夜相思叫人瘦。

〔题解〕

　　这首诗写于1935年1月24日,原载1935年10月上海国民出版社出版的《南游杂忆》。后收入1941年萍社出版的由胡不归撰写的《胡适之先生传》。诗前序云:"戏仿柳州山歌,作小诗寄题良丰相思岩。"胡适与一帮友人在1935年1月23日,同游广西良丰一岩洞,其在同日日记中记载了这一岩洞,谓:"我问岩洞何名,他们说:'向来无名,胡先生何不代题岩名?'我笑说:'此间附近有相思江,岩边又有相思红豆,何不就叫此岩为相思岩?'他们都赞成。"

〔评点〕

　　先不用说"相思"本身之一语双关(实指相思豆,虚指思念),亦不用说"相思"之语在一首七绝中重复出现五遍,单是这首诗即情即景之自然巧妙,便是对传统山歌即兴创作之继承。另外,"上"对"下"、"三年"对"一夜"、"结子"对"相思"之对仗工整,亦是对山歌艺术手法之沿袭。但是,"成也萧何,败也萧何",整首诗亦因过分工于艺术技巧而忽略了山歌最为本质的要求,即"吆喝"与"吟唱"。且,作为山歌之灵魂底蕴的生活气息,于这首诗而言,也稍欠火候。胡适后来评价这首诗,称"这究竟是文人的山歌,远不如小儿女唱的地道山歌的朴素而新鲜"。可以说,这是一语见的,十分公允的。

飞行小赞

看尽柳州山,

看遍桂林山水,

天上不须半日,

地上五千里。

古人辛苦学神仙,

要守百千戒。

看我不修不炼,

也腾云无碍。

〔题解〕

　　这首诗写于1935年1月24日,原载于1935年4月7日《独立评论》第145号。后收入1935年10月,上海国民出版社出版的《南游杂忆》。胡适在同日日记中记载了这首诗的写作缘由,谓"大雨中飞行也自有奇景。雨点打在飞机前面的玻璃窗上,被风力所冲激,都向上倒爬。静中看去,但见窗上一条条的雨线滚滚向上跑。今天上午在空中作一诗"。胡适这首诗发表后,随即引起以陈子展为代表的诸多文人关于"胡适之体新诗"的讨论。有人将此诗作为"胡适之体"的例证,胡适本人也表赞同。胡适曾在《谈谈"胡适之体"的诗》一文中,明确指出这首诗"是用

《好事近》词调写的，不过词的规矩是上下两半同韵，我却换了韵脚。我近年爱用这个调子写小诗，因为这个调子最不整齐，颇近于说话的自然；又因为这个调子很简短，必须要最简练的句子，不许有一点杂凑堆砌，所以是作诗的最好训练。我向来喜欢这个调子，偶然用它的格局做我的小诗组织的架子，平仄也不拘，韵脚也可换可不换，句子长短也有时不拘，所以我觉得自由的很。至少我觉得这比勉强凑成一首十四行的'桑籁体'要自由的多了！"

〔评点〕

　　胡适在留美期间就曾写作《水调歌头·今别离》《百字令·几天风雾》等以现代科学入词的作品。可以说，这首同样以赞"赛先生"改变生活景观为角度结构之诗，不算新鲜。而且，如果说胡适在1917年创作的《百字令·几天风雾》中，匠心独运地引入了全新动态意象——月绕地球，那么这首诗于意象方面就表现平平。但是，与胡适廿年前的诗作相比，这首诗胜在以古今对比角度构文，从而引发的震惊心理体验。不论是古人之"顿悟"飞天成仙，还是"虚其心、空其腹"终至羽化成仙，都需付出艰苦卓绝的努力，但是现代人却"不修不炼"，凭现代科技产物——飞机，亦能"腾云驾雾"做神仙。通过刻意呈现有着巨大落差的两种生存境遇，最终现代人优越、自信甚至自负的心理体验得以凸显。此外，现代白话词语组合之日渐成熟与游刃有余，亦是这首诗完胜早期作品的地方。

黄花岗

黄花岗上自由神，手揸①火把照乜人②？
咪话③火把唔够④猛，睇佢⑤吓倒大将军⑥。

〔题解〕

这首诗写于1935年1月26日，原载于1935年3月17日《独立评论》第142号，见《南游杂忆·（四）广西印象》。1935年1月9日，胡适南游抵广州，当天广州报纸上便刊载了其昨日"在香港华侨教育会演说公然反对读经政策"之消息。是日夜，主政广州之陈济棠大将军与胡适闭门谈话近一个半小时，专门讨论"读经"政策，因两者意见分歧甚大，终至不欢而散。胡适自嘲"我的膏药卖不成了，我就充分利用两天半的时间去游览广州的地方"（胡适《南游杂忆》）。这首诗，便是写于其游览黄花岗之时。陈济棠看过此诗后，大不高兴，竟命人将自由神铲去，并换上国民党的党徽，捍卫自身威严。黄花岗，又称黄花岗七十二烈士墓园，位于广州市，是为纪念1911年3月29日，孙中山领导的同盟会在广州"三二九"起义中牺牲的烈士而建的，它是广州作为近代革命策源地的重要见证。胡适在《南游杂忆》中描述"黄花岗七十二烈士（中有亡友饶可权先生）墓是二十年前的新建筑，中西杂凑，全不谐和，墓顶中间一个小小的自由神石像，全仿纽约港的自由神大像，尤不相称"。

〔注释〕

①揸：粤语方言，拿。

②乜人：粤语方言，什么人。

③咪话：粤语方言，不要说。

④唔够：粤语方言，不够。

⑤睇佢：粤语方言，看他。

⑥大将军：指其时主政广东的陈济棠（1890—1954），字伯南，出生于广东防城港（今广西防城港），汉族客家人，粤系军阀代表，中国国民党一级上将，曾任中国国民党中央执行委员、中华民国农林部部长，有"南天王"之称。

〔评点〕

　　这是胡适用粤语方言写就的一首诗，也是其平生仅有的一首粤语方言诗。在这首诗里，胡适表达了其希冀用美国"自由女神"之火把——隐喻精神自由、进步之自由派新文化思想，来"吓倒"大将军——即以陈济棠为代表宣扬"尊孔读经"政策的落后武将的观念。可以说，这是其在新文化运动中主张"动摇儒学正统地位"观念之重申与延续，这亦显示出新派文人于武将面前的文化自信。但是，胡适赞颂之"自由神"终属美国，而他自己却生活在武将统治的中国，这一文一武、一西一中之间的冲撞与不可调和，不是仅靠"自由神""手揸火把"就能够解决的，这亦反映出彼时胡适思想之片面性与局限性。

大青山公墓碑

雾散云开自有时，暂时埋没不须悲。
青山待我重来日，大写青山第二碑。

〔题解〕

　　1933年3月至5月，中国战士与日本侵略者在华北一带展开激烈交战，伤亡惨重。后由于国民党当局与日方媾和，签订了丧权辱国的《塘沽协定》，战争被迫结束。9月，怀柔日军撤退后，傅作义下令收敛阵亡将士遗骸，并将其安葬于城北大青山下，建立烈士陵园，竖立纪念碑，同时请胡适作白话体碑文（钱玄同刻写），以纪念华北一战中阵亡将士之英勇事迹。后来，何应钦下令要销毁一切抗日纪念物，于是傅作义在碑上加了一层遮盖，另刻"精灵在兹"四字。胡适有感于此，亦再题这首诗，寄托心中哀思。

〔评点〕

　　胡适一向不愿"脱开赤膊，提起铁匠铺的大刀"去救国，亦不敢期望中国军队能做"'切腹武士'的'介错人'（日本武士切腹，每托其挚友于腹破肠出后斫其头）"，他力主"理智的爱国主义"。但是当面对日军侵略中国之暴虐行径时，胡适还是高喊出了"青山待我重来日"的激情、悲愤之语，抒写了其对中华民族抗战终将胜利的信心。这反映了在中华民族大义面前，胡适坚定的爱国立场与满腔热血的爱国心。全诗最后一句与文天祥《至温州》一词中"暗读中兴第二碑"有着异曲同工之妙，即同为借第二个碑文来隐喻国之复兴，由此可窥见传统诗词文化于胡适影响之深。

和范石湖题传记

一

不须吹断去年春,秋叶春花已化尘。
无奈有时还入梦,依然明丽似秋云。

二

非复当年双鬓青,也无跌宕少年情。
微余一点温馨意,烂漫朱霞傍晚明。

〔题解〕

　　胡适在 1935 年 12 月 15 日日记中记载,"夏间有人写范石湖《题传记》二绝索和,今夜极闷的时候,偶翻得此二诗,戏和之"。并于诗后附言,"奚若前年多病时,自言颇少生趣,但在车上偶见美貌女人从对面来,尚不禁回头一看,只有此一点少年心情在耳"。范石湖,即范成大,早年自号此山居士,晚号石湖居士。南宋名臣、文学家、诗人。《题传记》:"莫将彩笔寄朝云,红泪罗巾隔路尘。说与东风无限恨,倩风吹断去年春。"

〔评点〕

　　与其说这是两首"戏和"之作,不如说这是两首情思微溢的情诗。第一首诗虽以范成大《题传记》尾句"倩风吹断去年春"

起,但是"不须"两字的略微改动,还是为全诗营造了更为浓郁的时光流逝感。第三句在承接前句"物是人非"的沧桑感之上,写情思之持久,给人以"无奈情思关不住""故人频入梦"的感受。第四句则是这首诗的亮点。以香草、花朵比美人不算稀奇,稀奇的是在这首诗里胡适以"秋云"比美人。"云"以漂浮无定、随风而安为特性,而"秋云"之疏朗则为云之"不可捉摸"平添了一分"不可亵玩"的圣洁,如闲云野鹤般的闲散气质,并兼具明净美丽气息的美人形象晕染开来。且,"秋云"之比喻亦恰如其分地暗示了胡适于美人之不可得的实际处境。可以说,这首诗表达了胡适对"无可奈何花落去""美人依然存吾心"之感慨。第二首诗延续了第一首的风格,以慨叹时光不复存之轻柔语气,抒发了其对人生的感悟,所谓"此情可待成追忆","盼能常伴到碧霄"罢了。

和周岂明"二十五年贺年"打油诗

可怜王小二,也要过新年。
开口都成罪,抬头没有天! ①
强梁还不死②,委曲怎能全! ③
羡煞知堂老④,萧闲似散仙。

〔题解〕

这首诗写于1935年12月25日,原载于1962年5月15日台北《新时代》第2卷第5期梁实秋《胡适之先生论诗》。胡适在同日日记中言,"周岂明昨送贺年诗来,今晚无聊,和他一首"。周作人原诗云:"尚有年堪贺,如何不贺年。关门存汉腊,隔县戴尧天。世味如茶苦,人情幸瓦全。剧怜小儿女,结队舞仙仙。"周岂明,即周作人(1885—1967),浙江绍兴人。原名櫆寿(后改为奎绶),字星杓,又名启明,笔名岂明,号知堂。

〔注释〕

① 1935年,国民党与日军签订《何梅协定》,中有"中国内一般排外排日之禁止"一条。胡适对此甚为不满,遂言"开口都成罪"。

② 强梁还不死:语出老子《道德经》:"强梁者不得其死,吾将以为教父。"指的是横行霸道的人都不会有好下场。

这里暗指日本军国主义终将消亡。

③委曲怎能全：语出胡适在1935年7月26日写给罗隆基的信。信中写道："委曲求全，意在求全，忍辱求和，意在求和。倘辱而不能得全，不能得十年的和平，则终不免于一战。"

④知堂老：即周作人。

〔评点〕

　　这首五律的颔联两句平易而深刻，且其尖锐不亚于以一针见血、"刺刀见红"著称的鲁迅。颈联则破天荒地引用了典故，许是因胡适被怒气冲昏了头脑，忘却了早年定下的"不用典"规矩，抑或是其根本认为只有传统文化中最为严厉的话语方能解心头之恨。至于尾联"羡煞"之语，则非真的羡慕，而是"以乐语写悲情"，从而使得家愁国恨更显深沉。整体而言，胡适借由和周作人之新年贺诗，宣泄了长久积郁于内心的愤懑，表达了自己于纷乱国事之忧虑，感情真挚浓烈，用语浅近平实。

哭丁在君

一

明知一死了百愿，无奈余哀欲绝难。
高谈看月听涛坐，从此终生无此欢！

二

爱憎能作青白眼①，妩媚不嫌虬怒须②。
捧出心肝待朋友，如此风流一代无！

〔题解〕

　　这二首诗写于1936年2月，原载1941年12月萍社出版的《胡适之先生传》。丁在君，即丁文江（1887—1936），江苏泰兴人，地质学家，中国地质事业的奠基人之一，创办了中国第一个地质机构——中国地质调查所。1月5日，因病情恶化，逝世于长沙。胡适在1936年1月9日写给周作人的信中，言及"在君遗嘱不发讣开吊，棺不得过百元，坟地不得过半亩，葬于身死之地域内。遗嘱去年所立，我是证人之一，至今读之，泫然神伤"。并深情回忆"廿年八月，在君一家在秦皇岛避暑，邀我去玩，他有游北戴河怀我的诗两首，我曾和他一首。……此种友朋儿戏，及今思之，何可复得！"

〔注释〕

①青白眼:典出《晋书·阮籍传》:"籍又能为青白眼,见礼俗之士,以白眼对之。及嵇喜来吊,籍作白眼,喜不怿而退。喜弟康闻之,乃赍酒挟琴造焉,籍大悦,乃见青眼。""青眼"即是用黑黑的瞳孔平视人,喻对人喜爱或尊重;"白眼"指露出白眼仁对人,喻对人轻视或憎恶。[元]辛文房《唐才子传·李山甫》:"山甫,咸通中,累举进士不第。落魄有不羁才,须髯如戟,能为青白眼,生平憎俗子,尚豪侠。"

②虬怒须:即"虬须怒"。虬须,指卷曲的胡须,这里指生气的样子。

〔评点〕

第一首诗,胡适以与友人丁文江"高谈低唱听涛坐"的北戴河之游为切入点,抒发了"友人逝去不可追"之哀婉情感。第二首诗,以"爱憎青白眼""心肝待朋友"两个角度,讴歌友人丁文江个性耿直、待人真挚的可贵品质。整体来看,这两首哀悼亡友的诗所呈现出的胡适之哀情,是真挚感人的,周策纵在《论胡适的诗》中说,"胡适哭悼他的诗,没有热情流露感人之处",这种评论并非公允之辞。

题陈援庵所藏程瑶田题程子陶画的雪塑弥勒

一

瞧这一个大肚皮,瞧他总是笑嘻嘻。
这是佛法这是佛,大家相信莫狐疑。

二

明天日出肚皮消,连这笑也不存在。
昨天大家乐一场,绝对真实无可赖。

〔题解〕

诗写于1937年4月1日,原载于1937年5月1日《中央日报·诗刊》第9期。陈援庵,即陈垣(1880—1971),广东新会人,字援庵,又字圆庵,出身药商家庭。著名历史学家、宗教史学家、教育家。程瑶田(1725—1814),安徽歙县人,清代著名学者、徽派朴学代表人物之一。程子陶,一作子涛,名洪溥,号木庵,清朝嘉庆年间人,祖籍安徽歙县,枕善居主人程后村光国之孙,富收藏,人称程氏铜鼓斋。

〔评点〕

第一首诗,通过展示"弥勒"大肚皮,笑嘻嘻的特征,胡适阐发了"宽却肚皮须忍辱,豁开心地任从他"(布袋和尚语)的佛法精神。第二首诗有着异曲同工之妙。通过展现"雪塑弥勒"

虽"日出"即消融,但是让大家欢乐留心间的现象,胡适阐发了"顿悟"之后便能"随时放下、随时拿起"的"佛法在我心"之意。这两首诗可谓充分反映了胡适所一贯秉承的"言浅意深"之作诗原则。此诗以口语入诗之手法,已颇为老辣,读来大有信手采撷便成诗之感。

小 诗

每日飞来两朵花,不知来自阿谁家。
就是那个痴孩子,见得他时问问他。

〔题解〕

这首诗写于1937年4月14日,后收入1985年中华书局出版的《胡适的日记》。附记云:"十四日写小诗,今天改一句。"

〔评点〕

与其说这首诗是诗,倒不如称其是胡适闲庭信步时的呢喃之语。先时,胡适以自我思忖、揣摩之意,回想、品味了"飞花传书"的不寻常现象。之后,经过再一次地缜密逻辑推理与逐个排查,胡适最终在脑海中认定"就是那个痴孩子"通风报信,并严肃提醒自己,一定要"见得他时问问他"。我们可以把握的是诗中"每日飞来两朵花"的既定事实,但是我们却永远只能揣度:这背后是否真有一个如梦如幻般的相思女子,抑或只是某个闲来无事之人的恶作剧。可以说,正是因为这恰如其分的"留白",使得这首诗在艺术呈现方面"含不尽之意见于言外",俗中见雅。

早　行

棕榈百扇静无声,海上中秋月最明。
如此海天如此夜,为谁万里御风行。

〔**题解**〕

　　这首诗写于1937年9月21日,后收入1985年中华书局出版的《胡适的日记》。七七事变后,应蒋介石之邀,胡适代表国民政府,以非正式使节身份出访欧美,进行国民外交。1937年9月8日,胡适动身乘船西上汉口。9月21日,亦即中秋过后第三天,胡适"一点半起来,两点吃早饭,到菲律宾马尼拉机场还不到三点,四点半上ChinaClipper(中国航空),即起飞。作小诗记《早行》"。诗中"万里御风行"之句指的是胡适由武汉经由香港、马尼拉、关岛、威克岛、中途岛、檀香山到旧金山的旅程。

〔**评点**〕

　　前两句写景。第一句描摹眼前之景,以"百"衬"静",更显夜之静谧。第二句勾勒了溟蒙海上"月最明"的如画远景。第三、四句则为言情,抒在如此曼妙夜色中的羁旅行役之情。这是一首对月咏怀诗,其在意象与意境呈现方面都带有南国异域色彩。尤其是最后一句"为谁万里御风行"之宏大境界与广博胸怀,足以表现胡适一介书生为国投笔请缨的壮举。

少妇峰

万里来看少妇峰,登高但见雪迷濛。
只知雪密云深里,永保仙人万古容。

〔**题解**〕

　　这首诗写于1938年9月5日,后收入1964年12月台湾商务印书馆影印的《胡适之先生诗歌手迹》。胡适在同日日记中记载,"搭了游览B的车,略游览瑞士。……到因特拉肯,换车去游少女山脉,因其地可看最高的Jungfrau(少女)及Monk(老僧)两峰。及上到少女峰,到山居旅馆(欧洲最高之旅馆),天已大雪,四望皆大雪迷漫,毫无所见"。

〔**评点**〕

　　这是一首即兴写景的小诗。首句直言不远万里只为一睹"少妇峰"之风采;第二句以单纯白描的手法,展现出雪雾迷蒙的景象,俨然是一幅绝妙的写生画;三、四句胡适以云雾缥缈之仙景联想到此地为神仙居所,遂发出了"永保仙人万古容"之感慨。整体而言,这首诗风格清丽,淡雅自然,通脱劲健。

题在自己的照片上送给陈光甫

偶有几茎白发，心情微近中年。
做了过河卒子，只能拼命向前。

〔题解〕

这首诗写于1938年10月31日，收入1952年9月出版的《尝试后集》时，有跋云："光甫同我当时都在华盛顿为国家做点战时工作——那是国家最危急的时期，故有'过河卒子'的话。八年后，在三十五年（1946）的国民大会期中，我为人写了一些单条立幅，其中偶然写了这四行小诗。后来共产党的文人就用'过河卒子'一句话加上很离奇的解释，做攻击我的材料。这最后两行诗也就成了最著名的句子了。"这首诗最早是由时任《文汇报》编辑的黄裳发表在1947年1月30日的《文汇报》上的。郭沫若在看到这首诗后，于1947年2月5日作杂文《替胡适改诗》，言及"这样简单的二十四个字，所表现的'心情'却颇悲壮。第一，博士今年五十六岁了，但他自己觉得还很年轻，只是'微近中年'而并非徐娘半老。这在精神上显示大有可用。第二，干脆承认做了黑棋一边的'卒子'，或许有点不甘心而近于牢骚吧？但是卒子过河，可当小车，横冲直闯，有进无退。看情形，他似乎很想擒红棋的老王了。这样可宝贵的'卒子'，下棋的人自然是应该宝贵使用的。即使下棋者过分外行，在旁边抱膊子的军师也一定会忠心耿耿地发令指使的。因此，这卒子的'命'断乎不允许你那么轻易'拼'掉。即使卒子想'拼'，主子也未必许'拼'。这正是这个'卒子'的聪明过人的地方，乐得悲壮一番，不免以进为退。虽然不那么悲壮，但总要更显得老实一点——我想，倒不如把'拼'字索性改成'奉'字。"陈光甫（1881—1976），原名辉祖，后易名辉德，字光甫，以字行世。江苏镇江人。中国银行家。1938年10月，受蒋介石指派赴美国谈判借款事宜。

〔评点〕

在胡适初题这首诗时，"当时正是广州陷落、武汉失守的危急时刻，胡适以一介书生担当大使重任，拼命为国家效力的决心，自属难能可贵。几年间，他审察世界情势，提出'苦撑待变'的主张；又往来奔走于美国各地及英法诸国，巡回演讲，竭力工作，为争取美国朝野和世界公论的同情与支援，为中国的抗日民族战争，确是'拼命向前'，尽了力的"。但是二次题诗，却正值国共两党和平破裂，内战又起之时。"时过境迁，这首旧诗也正说出了他为国民党政府拼命卖力的心愿。"郭沫若将其"改成'奉命向前'，却是相当贴切的"（易竹贤《胡适与现代中国文化》）。如果说这首诗的前两句，诗语绵软、妥贴，风格细腻，尤其是一个"微"字，写尽情感之细密、敏感与微妙；那么后两句则"辞气壮怀激烈，感慨动人"（谷林《淡墨痕》）。而之所以如此布局，只是为了更显最后的"诗眼"——"只能拼命向前"之情感激烈迸发，所谓"以柔衬刚，更见其刚"是已。

四十七岁生日

卖药游方廿二年，人间浪说小神仙。
于今回向人间去，洗净蓬莱再上天。

〔题解〕

　　这首诗写于1938年12月17日，后收入1962年9月台北文星书店出版的《在春风里》（陈之藩著），又题《自寿小诗》。1938年12月5日，胡适因连日奔波于国民政府之贷款事宜，而第一次心脏病发作，住进美国长老会医院的隔离室。12月17日，胡适在病榻上度过了他四十七岁的生日，并作这首《自寿小诗》。

〔评点〕

　　这首七言绝句，句句有隐喻，处处耐人寻味，鲜明地体现了胡适"言浅旨遥"之创作宗旨。首句，"卖药游方"之语是胡适自嘲其二十二年来都致力于鼓吹新思潮之行径。第二句是借众人之口，言自己痴迷于学问的生活似神仙。第三句则隐喻胡适搁置学术研究，出任驻美大使，投入政界服务之"食烟火"。第四句是以"蓬莱"借代日本，隐喻打败日本后自己再重返仙界。整体而言，这首自寿诗还是反映了彼时胡适"壮心不已，志在千里"之豪迈，但是与其年轻时作的《沁园春·廿五岁生日自寿》等相比，多了一份世事历练后的坦然与沉稳。

元任韵卿银婚贺诗

蜜蜜甜甜二十年，人人都说好姻缘。
新娘欠我香香礼①，记得还时要利钱！

〔题解〕

　　这首诗写于1941年5月28日，后收入1962年6月台北文星书店出版的《近代学人手迹》三集（周法高编）。元任，即赵元任（1892—1982），字宣仲，又字宜重，原籍江苏武进（今常州）。清朝著名诗人赵翼（瓯北）后人。中国现代语言学之父，中国现代音乐学先驱。三十三岁时即与梁启超、王国维、陈寅恪并列为清华国学研究院四大导师。韵卿，赵元任夫人杨步伟（1889—1981），出生于南京望族。1912年，担任中国第一所"崇实女子中学"的校长。后到日本学医，1919年，在东京帝国大学医科博士毕业。银婚，结婚纪念的一种，欧洲风俗称结婚二十五周年为银婚。此外，还有与之相对应的金婚、钻石婚等。

〔注释〕

　　①香香礼：指外国习俗KisstheBride，亲吻新娘。

〔评点〕

　　首句"蜜蜜甜甜"四个字,以词语叠化之形式,凸显了赵元任夫妇婚后生活之甜蜜。第二句则以众人之角度,再次褒赞他们情深意蜜。三、四句为全诗最有情趣之处。"香香礼"本为无法物化之礼,但是胡适却"霸道"地要求新娘还礼,且非要加足利息之后方可算归还,可谓是胡适作诗一以贯之的幽默风趣的再现。当然,这句话亦体现了胡适与赵元任夫妇之间真挚、纯真的友情。整体而言,这首诗依然是以日常口语入诗,一脉相承了胡适早年所提出的"八不主义"诗学观念。

戏改杨联升《柳》诗

喜见新黄到嫩丝,悬知①浓绿旁堤垂。
虽然不是家园柳,一样风流系我思。

〔题解〕

这首诗写于1944年6月29日,见于同日胡适日记。胡适在1944年6月21日写予杨联升的信中,提及"北京大学万一能复兴,我很盼望一良与兄肯考虑到我们这个'贫而乐'的大学去教书"。之后的6月29日,胡适又去信杨联升,言及"北大近来不敢多约人,正因为前途无把握,故怯于'自媒'。等到'春心动'时,往往太迟了!戏就您的《柳》诗,略换几个字,寄我解嘲之意"。杨联升原诗为《咏柳》:"才染鹅黄已有丝,渐看浓绿傍堤垂。东风不妒留莺住,犹为扶持着意吹。"杨联升(1914—1990),原名莲生,河北保定人。1937年毕业于清华大学经济系,1940年赴美就读于哈佛大学,1942年获哈佛大学硕士学位,1946年完成《晋书食货志译注》获博士学位。有"汉学界第一人"之誉。

〔注释〕

①悬知:预知,料想。〔北周〕庾信《山斋》:"遥想山中店,悬知春酒浓。"

〔评点〕

　　这首"言浅旨遥"的诗作，写得颇有韵味。首句虽为和杨联升"才染鹅黄已有丝"之句，但是加以"喜见"之主观化判断，便平添了一股浓烈的"关爱后起之秀"的意味。第二句则采用同样手法，以"悬知"一语尽显胡适对于后辈之自信与骄傲。接着第三句却话锋一转，指出前文之"柳"非"家园柳"，即意气风发、风华正茂的杨联升仍求学于外。但是第四句却又表明心迹，言及"一样风流系我思"，读来大有"周公吐哺"之意，而"风流"一语也写尽书生杨联升才华出众、风雅潇洒之态。胡适终其一生都认为唯有教育可兴邦，即使是在民族危亡的抗战时期，仍不肯放弃对教育的追求，以及对招贤纳士之渴望。因此，在这个层面上而言，这首诗既是胡适招贤纳士之作，亦是其表露自身求贤若渴的一首感人肺腑之作。

赠钮永建

冲绳岛上话南菁①，海浪天风②不解听。
乞与人间留记录，当年侪辈③剩先生。

〔题解〕

这首诗写于1958年6月16日，原载1959年6月30日台北《大陆杂志》第18卷第12期《江阴南菁书院的史料》。又题《冲绳岛上口占赠钮惕生先生》。据唐德刚在胡适作《我的父亲》一文中注释，"1960年夏，胡，钮二公同机飞美，途过冲绳岛休息，二人于海滩散步时，谈话的题材便是'南菁书院'。钮氏动人的故事使胡氏大感兴趣，所以胡公劝他到纽约时务必与哥伦比亚大学中国口述历史学部联络，好把这段学术史保留下来。胡公兴奋之余，并'口占一绝'，以赠惕老"。钮永建（1870—1965），字惕生，一作铁生，又字孝直，号天心，近代资产阶级革命家。1949年，随考试院撤迁至台北。

〔注释〕

①南菁：即南菁书院，清代书院之一，在江苏江阴县。光绪八年（1882），江苏学政黄体芳所建。书院命名取朱熹名言"南方之学，得其菁华"之意。钮永建就读于南菁书院。

②天风：风行天空，故称。[东汉]蔡邕《饮马长城窟行》："枯桑知天风，海水知天寒。"

③侪辈：即同辈，朋辈。见《三国志·魏志·武帝纪》："公与遂父同岁孝廉，又与遂同时侪辈。"鲁迅《汉文学史纲要》："踊跃吟叹，时越侪辈，为众所赏，默识不忘，口耳相传，或逮后世。"

〔评点〕

　　这是一首即兴抒情之作，但是却彰显了胡适晚年诗作一贯的成熟、圆润之风格。如果说首句尚且以平铺直叙之语起，那么第二句拟人手法的使用——"海浪""天风"亦不甚明了当年南菁书院之逸事，则使得全诗意境全活。第三句一个"乞"字写尽胡适于历史文化保存之诚恳、迫切与真挚，第四句则以"侪辈"对比"先生"，以多衬少，更显"余一人"之苍凉。整体而言，这首诗四句之间衔接紧密，起承转合游刃有余，读来大有一气呵成之感，颇显胡适于旧诗创作之臻熟。